La disparition de Michel O'Toole

Collectif

La disparition de Michel O'Toole

nouvelles

QUAI
N°
5

Catalogage avant publication de Bibliothèque et Archives nationales du Québec et Bibliothèque et Archives Canada
Vedette principale au titre :
  La disparition de Michel O'Toole
  (Quai n° 5)
  ISBN 978-2-89261-939-3
  1. Nouvelles policières québécoises – 21ᵉ siècle. I. Béchard, Denis Y. (Deni Yvan), 1974- . II. Bélanger, Daniel, 1962- . III. Brouillet, Chrystine. IV. Laliberté, Mathieu, 1975- . V. Leblanc, Perrine, 1980- . VI. Malavoy-Racine, Tristan. VII. Pelletier, Stéphanie, 1980- . VIII. Senécal, Patrick, 1967- . IX. Collection : Quai n° 5.
  PS8323.D4D57 2015   C843'.08720806   C2015-941369-9
  PS9323.D4D57 2015

Les Éditions XYZ bénéficient du soutien financier du gouvernement du Québec par l'entremise du programme de crédit d'impôt pour l'édition de livres et de la Société de développement des entreprises culturelles du Québec (SODEC). L'éditeur remercie également le Conseil des arts du Canada de l'aide accordée à son programme de publication.

Financé par le gouvernement du Canada
Funded by the Government of Canada | Canadä

Idée originale et direction littéraire : Tristan Malavoy-Racine
Révision linguistique : Sophie Marcotte
Correction d'épreuves : Élaine Parisien
Traduction des *Intermèdes* de Deni Béchard : Tristan Malavoy-Racine
Conception typographique et montage : Édiscript enr.
Conception et graphisme de la couverture : David Drummond
[salamanderhill.com]

Copyright © 2015, Les Éditions XYZ inc.

ISBN version imprimée : 978-2-89261-939-3
ISBN version numérique (PDF) : 978-2-89261-940-9
ISBN version numérique (ePub) : 978-2-89261-941-6

Dépôt légal : 4ᵉ trimestre 2015
Bibliothèque et Archives nationales du Québec
Bibliothèque et Archives Canada

Diffusion/distribution au Canada : | **Diffusion/distribution en Europe :**
Distribution HMH | Librairie du Québec/DNM
1815, avenue De Lorimier | 30, rue Gay-Lussac
Montréal (Québec) H2K 3W6 | 75005 Paris, FRANCE
www.distributionhmh.com | www.librairieduquebec.fr

Imprimé au Canada

quaino5.com

Retour sur une disparition

Rarement mystère a-t-il été aussi complet. Des histoires de disparitions, les annales policières et médiatiques en sont remplies, mais des cas où on ne voit pas le début de l'ombre d'une explication, ni indice ni motif, il faut bien admettre que ça laisse pantois.

Rappelons les faits. Le 15 mai 2015, le journaliste Michel O'Toole circulait à moto sur la Côte-Nord. Il venait de vendre au magazine *L'actualité*, dont il était devenu un collaborateur régulier, l'un de ces reportages qui avaient fait sa réputation. Des articles longs, à la fois impressionnistes et fouillés, où se côtoyaient avec une étonnante harmonie les statistiques les plus pointues et un authentique lyrisme. Son sujet, cette fois : la mythique 389, seule des routes provinciales québécoises à se rendre au-delà du cinquante et unième parallèle.

Selon le synopsis de son article, O'Toole entendait raconter la construction des différents tronçons de cette route, dont le dernier a été achevé en 1987, expliquer son importance pour les industries minière et forestière locales, faire une incursion dans l'une des pourvoiries qui la bordent et attirent des Européens et des Américains friqués, puis consacrer au moins quelques feuillets à la ville fantôme de Gagnon, fondée en 1960 après la découverte de gisements de fer dans le secteur et morte vingt-cinq ans plus tard, peu après la « crise du fer » de 1982.

Bel article en perspective, donc. Mais l'affaire a mal tourné : durant le trajet, le journaliste a disparu. O'Toole comme sa moto semblent s'être tout bonnement volatilisés.

Aucune raison de croire que sa BMW R 1200 2005 n'était pas en bon état : il la bichonnait sans arrêt, lui qui la faisait rugir dès les premiers beaux jours du printemps et avalait chaque année avec elle des milliers de kilomètres. On recense régulièrement des accidents sur la 389, néanmoins, et cette thèse a longtemps été considérée comme la plus plausible, mais c'est là que le mystère s'épaissit : les enquêteurs ont beau avoir franchi à basse vitesse, et plus d'une fois, les cinq cent soixante-quatre kilomètres qui séparent Baie-Comeau de Fermont, ils n'ont jamais rien vu qui ressemble à des marques récentes de dérapage ou de collision. Ils ont poussé jusqu'à Labrador City, trente kilomètres plus loin, et même au-delà, se disant qu'O'Toole avait peut-être décidé sans prévenir de rouler jusque du côté de Terre-Neuve-et-Labrador, où la 389 devient la route 500.

La dernière fois qu'on l'a vu, le 14 mai au soir, Michel O'Toole prenait un verre au Bar L'Ambiance, adjacent au Motel du Rosier de Baie-Comeau, un modeste établissement où on sait qu'il a dormi. O'Toole devait arriver à Fermont le surlendemain, il en avait avisé par courriel la rédactrice en chef adjointe de *L'actualité*. Fidèle à ses habitudes, il n'avait pas réservé ses chambres d'hôtel à l'avance, mais il est vraisemblable qu'il ait compté passer la nuit du 15 mai au Relais Gabriel, à mi-chemin de la 389, occasion pour lui de s'entretenir avec des routiers et autres habitués de ce coin de pays. Sans compter que s'ensuit un segment de deux cent cinquante kilomètres où on ne trouve strictement aucun service. Or, aucune trace d'O'Toole, ni au Relais Gabriel ni à Fermont.

Les enquêteurs n'ont par ailleurs trouvé aucun appel révélateur sur le relevé de son téléphone cellulaire, ni la moindre note à son appartement de Baie-Saint-Paul, laissé bien en ordre. Comme il l'était toujours, selon les rares amis qui y entraient, le temps d'une partie de cartes ou d'une bière sur le balcon. Quant à Érica Gagnon, avec qui Michel O'Toole entretenait une relation que leurs proches ne savaient plus comment qualifier, elle est depuis dévastée, ne détenant apparemment aucune information qui aurait pu faire évoluer l'enquête.

Érica avait d'abord été une collègue à lui durant les trois années (2007-2010) pendant lesquelles O'Toole avait assumé une charge de cours à l'Université Laval. Il y donnait le cours *Journalisme et société*, composante du certificat en journalisme; elle enseignait *Droit et déontologie du journalisme*. C'est dans le salon des professeurs, autour d'un mauvais café, que s'était allumée entre eux deux une passion dévorante, qui ne les avait pourtant jamais poussés à former un couple à proprement parler. Quand on les voyait ensemble, Michel et Érica paraissaient inséparables, mais pour des motifs connus d'eux seuls, ils ressentaient fréquemment le besoin de prendre congé l'un de l'autre.

Qui donc était Michel O'Toole? Né Michael O'Toole le 8 juin 1963, à Belfast, en Irlande du Nord, il avait immigré au Québec en octobre 2002. Il avait aussitôt francisé son prénom, dans ce qu'il appelait une « marque d'affection » pour la langue française.

De la quarantaine d'années qu'il a passées en Irlande, on sait peu de choses, sinon qu'il y a exercé cent métiers allant de la restauration aux contrats de rédaction. Il y avait fait un peu de journalisme, pour des journaux et magazines à faible tirage, mais ce n'est qu'au Québec qu'il s'était mis sérieusement au reportage.

Y a-t-il dans son passé européen des débuts d'explications, des parts d'ombre où se cacherait une raison de s'éclipser un jour? Difficile à dire: les recherches de ce côté n'ont pour l'instant pas donné grand-chose, le Michael O'Toole d'avant l'immigration demeurant énigmatique, sans compter que son nom plutôt commun ne facilite pas l'investigation.

Michel O'Toole, celui de Baie-Saint-Paul et du début de la cinquantaine, était réputé avenant, d'un naturel assez secret mais bon vivant. Personne de son entourage, en tout cas, ne considère comme plausibles les thèses d'un règlement de comptes ou d'un suicide.

Comment peut-on s'évanouir ainsi dans la nature, sans laisser la moindre trace, à une époque où la surface de la Terre est intégralement quadrillée, répertoriée ? La question reste entière.

Un mois plus tard, après des recherches intensives mais vaines et alors que l'enquête policière faisait du surplace, je me suis dit qu'il n'y avait plus, pour éclaircir un tant soit peu l'affaire, qu'une avenue : celle de la fiction. J'ai donc pris l'initiative de contacter sept écrivains et leur ai proposé d'imaginer avec moi, librement, ce qu'il a bien pu advenir de Michel O'Toole. Sur le mode de l'enquête comme tel, ou encore de biais, en prenant ces faits comme prétexte à une histoire, une exploration littéraire. Depuis l'été, nous supposons, arpentons, extrapolons, dans des registres formidablement variés. À défaut de retracer le disparu, je me plais à croire que nous en faisons vivre le souvenir.

Les nouvelles qui suivent sont des lectures du mystère O'Toole selon Daniel Bélanger, Chrystine Brouillet, Mathieu Laliberté, Perrine Leblanc, Stéphanie Pelletier, Patrick Senécal et moi-même. Quant à Deni Béchard, il nous fait entrer dans la tête d'O'Toole avant sa venue en Amérique, dans un texte filé qui court du début à la fin du livre.

Voici non plus un, mais huit Michel O'Toole, fruits, malgré un point de départ commun, de tout ce qu'autorise la fiction. Ces huit regards ne sont qu'un début. Quiconque aimerait nous aider à percer l'énigme O'Toole est d'ailleurs invité à le faire. À celles et ceux qui auraient une «piste», prière de faire parvenir votre contribution, sous la forme d'une nouvelle allant de 2 000 à 3 000 mots, à projetotoole@editionsxyz.com. Les meilleurs textes seront diffusés au printemps 2016, avec trois grands prix à la clé, en collaboration avec la revue *Les libraires*.

Aux participants, bonne chance, et à tous, bonne lecture !

Tristan Malavoy
15 septembre 2015

FICHE DE SIGNALEMENT

Nom : O'Toole
Prénom : Michel (né Michael)
Âge : 52 ans
Taille : 1,80 m (5 pi 11 po)
Poids : 93 kg (205 lb)
Cheveux : châtains
Yeux : pers
Note : Lors de sa disparition, l'individu portait des jeans bleu foncé et une veste de cuir noire, des bottes de cuir et un casque gris. Il souffre d'une légère claudication.

1

La rue est sombre, étroite et longue. L'écho de mes pas y est tel qu'on dirait que la ville entière est à mes trousses. En réalité, je le sais, il n'y a dans ce bruit de course démultiplié que deux hommes, encore loin derrière. Je tourne dans une ruelle, puis une autre. Je descends maintenant une rue bordée de maisons en rangée, si droite qu'elle ressemble à un corridor pour le bétail davantage qu'à quoi que ce soit destiné aux êtres humains. Mes jambes et mes poumons me font souffrir; je me demande si je n'ai pas accepté ce job simplement pour me prouver à moi-même que je suis trop vieux pour des jobs pareils.

Je débouche dans une autre rue. J'observe les clôtures en espérant voir une grille entrouverte ou un cadenas brisé. Je repère un portail rouillé, aux barreaux tordus – je le pousse et me retrouve dans une cour arrière aux allures de dépotoir. Malgré la noirceur, je devine un passage entre les piles de pneus, les amas de ferraille et les vieux matériaux de construction. Ce passage me mène à une entrée de cave dont la porte est gorgée d'eau. Je fais sauter la serrure et pénètre dans une salle de fournaises au plafond bas, dont les relents de pourriture et d'humidité me rappellent la puanteur de ces ivrognes qui ont depuis longtemps renoncé à se laver.

Je m'accroupis, même si dans cet air visqueux, je risque de suffoquer plus que de reprendre mon souffle. Dehors, les bruits de pas se répercutent toujours dans le dédale des rues. Je déteste cette sensation de devoir maîtriser ma respiration, me calmer, alors que mes poumons hurlent leur besoin d'oxygène.

Je me promets de ne plus m'y laisser prendre. J'ai été si docile, pourtant : ils n'ont même pas eu à insister. Comme s'ils avaient su, tel un jardinier sait d'instinct quel bourgeon fleurira sans problème. « Ah, ce Michael, aucun doute que nous pourrons compter sur lui. Il est prêt à tout pour rendre ce monde meilleur ! » Voilà ce qu'ils se sont dit. Et de fait j'ai plongé, la tête tellement remplie d'idéaux que le bon sens en est ressorti par mes oreilles.

Mais j'ai toujours été comme ça, impulsif. Le sens de la justice, ou l'idée que je m'en fais, n'a jamais cessé de grandir en moi, en même temps que le ressentiment de savoir mon idéal inaccessible. Pendant un moment j'ai tenté de faire profil bas, de mener une existence rangée, puis j'ai ressenti les racines mortes de l'histoire revenir à la vie, s'agripper à tout ce que je croyais avoir extirpé de moi, laissé derrière, et voilà que plus rien n'a eu de sens sinon la révolution.

Amis d'enfance

Chrystine Brouillet

Saint-Émile, 1975

— Vous auriez pu vous tuer! s'écria Patrick O'Toole en s'élançant vers son neveu Michael. On vous avait dit de ne pas jouer trop près de la rivière.

— On voulait seulement pêcher, protesta Frank Farnsworth. Puis la robe de Kate est restée accrochée après une branche.

— Toi, tais-toi. Tu aurais dû empêcher notre petit voisin de venir ici, dit le père de Frank en désignant Michael.

— L'important, c'est que tout le monde soit sain et sauf, trancha Patrick O'Toole. On vous ramène à la maison. On va tous se sécher. Je n'en reviens pas encore! Le courant est fort ici! Quand ton père va apprendre ça... On a un héros dans la famille! Tu as sauvé la petite!

Michael secoua la tête; il n'avait pas envie que ses parents s'inquiètent pour lui. Avant de quitter Belfast, il avait promis qu'il obéirait à Patrick et Jeanne qui l'accueillaient au Québec pour tout l'été. Et si son père l'obligeait à rentrer plus tôt? Il s'était jeté à l'eau pour tenter de rattraper Kate, sans penser qu'il savait à peine nager. Il s'était agrippé à une branche coincée entre deux rochers pour saisir la ceinture de la robe de Kate, mais sans cette tige providentielle, il aurait été emporté par le courant. Il était encore secoué de tremblements, la peur et les remous imprimés dans son corps pour toujours. Il jeta un coup d'œil à la rivière, sentit monter la nausée.

— Je ne reviendrai plus jamais ici, dit-il à son oncle. Je te le jure, mais ne dis rien à papa. Frank m'a promis de me montrer à trapper!

— Vous n'attraperez pas grand-chose, ricana Farnsworth. Mon garçon n'a ramené qu'un siffleux jusqu'à maintenant. Une chance qu'on peut compter sur mon salaire à l'usine pour manger.

Patrick O'Toole soupira. Son voisin dénigrait constamment son fils depuis que sa femme avait quitté la maison. Comme si le petit en était responsable. Alors qu'il aurait dû être heureux d'avoir un enfant. Patrick posa la main sur la tête de Michael; qu'il aimait donc ce filleul qu'il aurait bien gardé chez lui toute l'année. Il tairait l'incident à son frère. De toute manière, à Belfast, John avait suffisamment de soucis.

*

Montréal, avril 2015

— Tu es vraiment chanceux! dit Thomas Bégin à Michel O'Toole avant de boire une gorgée de bière. Les portes de l'Enfer! Tous les pêcheurs veulent y aller.

De la truite, du doré, du brochet... Montre-moi les mouches que tu viens d'acheter.

Michel O'Toole tira un sac de son blouson de cuir et le secoua doucement pour faire glisser les leurres sur le comptoir du bar où il avait rejoint son ami. Les *soft hackles* luirent sur le bois verni.

— Je pense que ça sent encore la pisse, s'esclaffa Thomas. Ton gars utilise vraiment des poils de bouc...

— Regarde les plumes de faisan !

— C'est aussi beau qu'une Lady Amherst. J'ai toujours eu un faible pour les mouches anglaises.

— J'ai des mouches noyées, des sèches, il ne me reste plus qu'à espérer que la météo sera de mon bord.

— Les ouananiches ne pourront pas résister. Tu te gâtes ! Et puis c'est un vrai tour du Québec que tu vas faire : le lac Saint-Jean, la rivière du Gouffre, les Laurentides... maudites belles places... Érica t'accompagne ?

— On verra.

Michel fixa le fond de son verre avant de faire signe au serveur. Est-ce qu'Érica viendrait le rejoindre à la pêche durant l'été ? Le souhaitait-il ?

— C'est sûr que je fais la 389 en solitaire. C'est le but. De toute manière, il sera trop tôt pour la pêche.

— Ça fait combien de kilomètres entre Baie-Comeau et Fermont ?

— Cinq cent soixante-quatre, pour être précis.

— Paraît qu'il y a un grand bout sans rien d'autre que des arbres. T'as beau aimer la moto... Avec ta jambe, tu ne penses pas que...

— Je n'ai pas de problème avec ma jambe, le coupa Michel en jetant un coup d'œil dans le miroir au-dessus du bar. Il lui avait semblé que la femme blonde assise à une table avec ses amies avait tourné la tête plus d'une fois dans leur direction. Devait-il tenter d'accrocher son regard ? Pourquoi ? Pourquoi pas ? À cause d'Érica ? Il haussa les épaules ; il était puéril dans son désir de vérifier s'il pouvait encore plaire. Il flatta la plume irisée d'une des mouches, envia l'artisan qui les fabriquait, sa vie simple. Ou peut-être pas. Peut-être que cet homme créait des insectes factices pour oublier son quotidien ? Ou comme lui, de mauvais souvenirs ?

En se tournant vers Thomas, il croisa le regard de l'inconnue, s'empressa de le fuir en saisissant son verre. Il but à nouveau avant d'écouter Thomas qui s'enthousiasmait à propos d'un événement au CERN : le journaliste scientifique espérait rendre l'émotion qui avait étreint les chercheurs au moment de la découverte du boson de Higgs.

De tous ses collègues à *L'actualité*, c'était Thomas que Michel préférait. Pour son inépuisable faculté d'émerveillement. Lui-même ne ressentait cette joie qu'à de rares occasions. Il sourit pourtant en se rappelant une journée de pêche au saumon alors qu'il y avait eu une éclosion : les poissons sautaient sans interruption sur les éphémères. Et sur ses mouches. Un ballet tonique, joyeux, étincelant, d'une telle magie qu'il avait réussi à endormir momentanément les remords qui le tenaillaient depuis plus de vingt ans.

Quand Thomas et Michel quittèrent le bar une heure plus tard, ils constatèrent qu'il avait plu.

— C'est juste une petite giboulée. Je n'aurai même pas besoin d'essuyer ma moto.

— Une giboulée ? Encore un de tes mots parisiens ! Tu es resté là-bas combien de temps ? Tu n'as pas l'accent, mais tes expressions…

— Assez longtemps, l'interrompit Michel. Tu es sûr que tu veux rentrer chez vous à pied ?

Thomas acquiesça, il penserait à l'article qu'il devait écrire pour le lendemain en marchant. Tandis qu'il s'éloignait, Michel attrapa son casque et vérifia la position des rétroviseurs sans remarquer que la blonde qu'il avait subrepticement observée au bar était assise dans sa voiture, juste au coin de la rue. Elle attendait qu'il démarre pour le suivre, tremblante, incrédule, persuadée d'avoir reconnu le tatouage sombre de son biceps droit aperçu dans le miroir du bar. Persuadée d'avoir entendu son compagnon l'appeler O'Toole. Surtout, les battements accélérés de son cœur lui soufflaient qu'elle ne se trompait pas sur l'identité de cet homme.

*

— Ils n'ont aucun indice ? demanda Maud Graham après avoir déposé une assiette de gravlax devant ses invités. Rien depuis le 15 mai ?

— Rien. Ça fait deux semaines maintenant, répondit Pierre-Ange Provencher. On dirait que Michel

O'Toole s'est volatilisé. Tout a été fait pour le retrouver, on a multiplié les battues, on a interrogé tous les clients qui ont séjourné au Motel du Rosier au moment où O'Toole s'y est arrêté. On a questionné ceux qui y étaient la veille et le lendemain. J'étais avec Vanier quand on a examiné sa chambre : *nada*!

— Mais il a bien dormi au motel ?

— Le lit était défait, le savon avait été utilisé dans la salle de bain, mais pas de traces de dentifrice. Pas de cheveux dans le lavabo. Le gérant du motel qui l'a accueilli à son arrivée a dit à Vanier qu'O'Toole n'avait qu'un sac de voyage. Bien paqueté, avec des provisions pour la route. Les agents ont fait le tour des commerces à Baie-Comeau, personne n'a reconnu O'Toole. Ni là ni ailleurs. Il ne s'est jamais rendu à Fermont.

— Qu'en pense Vanier ? demanda Graham en saisissant une tranche de saumon d'un rose avivé par l'ajout de jus de betterave.

— Qu'il avait une maudite belle moto. Une BMW R 1200. Pas neuve, mais en parfait état. Et qu'on aurait dû la retrouver.

— Ou découvrir une autre moto si quelqu'un a volé celle d'O'Toole. À moins que les voleurs aient été sur la même moto et qu'un des deux ait ensuite conduit la BMW.

— On y a pensé. Mais tous les clients du motel étaient en voiture. On ne peut pas mettre un tel engin dans un coffre d'auto. Vanier et ses hommes ont passé des heures sur la 389 à chercher des indices. Charles

Vanier est sérieux, quand on travaillait ensemble, je me fiais vraiment à lui. Il ne lâche jamais une affaire. Et cette affaire-là, ça m'obsède aussi. J'étais à Baie-Comeau par hasard, j'ai essayé de l'aider, mais je ne vois pas ce qu'on aurait pu faire de plus. Toutes les procédures en cas de disparition ont été suivies à la lettre.

— Et si O'Toole avait été intercepté après son départ du motel ? Plus loin sur la route ?

— Admettons que deux gars le croisent sur la 389, flashent sur sa moto, s'arrangent on ne sait comment pour qu'O'Toole s'arrête, lui volent son engin et repartent avec, qu'est devenu O'Toole ? S'ils l'ont tué, ils ont dû dissimuler le corps, se sont forcément enfoncés dans la forêt : deux gars qui en portent un troisième cassent des branches, Vanier et ses hommes auraient noté des piétinements, des traces de pas.

— Sur plus de cinq cents kilomètres ? fit Alain Gagnon. On ne peut pas tout voir sur une telle distance. Et il y a tous ces points d'eau.

— Et l'alerte n'a pas été donnée tout de suite, non ? avança Michel Joubert.

Provencher secoua la tête, expliqua que la disparition d'O'Toole n'avait été signalée qu'une journée plus tard, au moment où il devait rencontrer l'ingénieur avec qui il avait rendez-vous. Celui-ci s'était inquiété de son absence. Provencher tartina de beurre une tranche de pain de seigle, but une gorgée de riesling tandis que Maud Graham rappelait qu'O'Toole était journaliste.

— Sur quoi travaillait-il ? voulut savoir Joubert.

— Il faisait des reportages sur les réalités socio-économiques des régions, précisa Provencher. Vanier a regardé aussi de ce côté-là : il ne semble pas qu'il y ait eu des dossiers chauds.

— Pas de scandales ? Même mineurs ?

— Rien dont il ait parlé à sa rédac'chef.

— Et pourquoi voulait-il se rendre à Fermont en moto ? Il n'y a pas tant de choses à voir, non ? dit Alain Gagnon en souriant à Maud. On l'a avalée ensemble, cette route-là.

— Je m'en souviens parfaitement, répondit Graham. Des arbres. De la gravelle. Des arbres. Un bout d'asphalte. Des trous. Mal éclairée. Ou pas éclairée du tout. Des zigzags entre le chemin de fer et les petits lacs. Quand on croisait des vans, on se tassait sur le bord de la route et j'étais certaine qu'on prendrait le clos. Ou qu'on tomberait dans l'eau. Je n'ai jamais trouvé un voyage aussi long !

— Paraît que Michel O'Toole était un maniaque de moto. Et de pêche. D'après les propos que les enquêteurs ont recueillis à Baie-Saint-Paul et à Montréal.

Les hommes qui avaient été affectés à l'enquête sur la disparition du journaliste avaient interrogé des dizaines de connaissances pour en savoir plus sur sa personnalité. À Baie-Saint-Paul, où il habitait depuis plus de dix ans, personne ne croyait qu'il s'était suicidé, même si plusieurs admettaient qu'ils ne savaient pas tant de choses sur Michel O'Toole. Les avis étaient semblables à Montréal : on avait dressé le portrait d'un homme affable mais réservé, qui prenait volontiers un scotch avec ses collègues, mais qui s'exprimait peu lors de ces réunions s'il ne s'agissait pas de travail.

« Il ne s'aventurait pas sur le terrain des affaires plus intimes, avait dit à Charles Vanier Juliette Revel, une collègue à *L'actualité*. Il sait que je suis née à Paris, où il a déjà habité, mais il n'avait pas envie de m'en parler. C'est tout juste si j'ai su qu'il créchait dans le treizième. Alors pour ce qui a trait à sa vie privée, j'ai renoncé à en savoir plus... »

Maud Graham tendait les assiettes vides à Alain tout en essayant d'imaginer O'Toole au-delà de la photo que leur avait montrée Pierre-Ange Provencher quand ils avaient pris l'apéro. Plutôt bel homme, un large front, un menton volontaire, mais un regard étrange, à la fois allumé et usé, sauvage et las. Qui devait plaire à bien des femmes. À celles qui pensent qu'on peut sauver les gens d'eux-mêmes.

— Il avait une blonde ?

— Une relation épisodique. Ce n'est pas clair. Vanier a personnellement rencontré Érica Gagnon. Elle est vraiment choquée par cette disparition, mais n'a pas le début d'une hypothèse pour l'expliquer, même si elle reconnaît elle aussi qu'il y a des zones d'ombre chez O'Toole. Il semblait réticent à parler de son passé.

— Même avec elle ? dit Alain. Je suppose que la SQ a tenté d'en savoir plus sur les années d'O'Toole en Europe.

Provencher acquiesça : évidemment que les enquêteurs avaient fait des démarches en ce sens. Il y avait d'abord eu des contacts avec la GRC, qui n'avait aucun dossier sur O'Toole, puis avec Interpol et le FBI. Il n'était fiché nulle part.

— S'il n'a rien à cacher, pourquoi est-il si discret ? Qu'est-ce qu'on a découvert sur lui ?

— Pas grand-chose, à vrai dire.

Provencher haussa les épaules avant de passer la langue sur ses lèvres en respirant les effluves qu'exhalait le gigot d'agneau qu'apportait Alain.

— Mariné dans le whisky durant six heures !

— Tout le monde a parlé du goût d'O'Toole pour le scotch. Mais il paraît qu'il détestait le bourbon.

— Pour moi, c'est du pareil au même, laissa tomber malicieusement Graham, sachant parfaitement qu'elle s'attirerait d'unanimes protestations.

Elle écouta Joubert vanter le velouté d'un Macallan, Provencher évoquer les nuances de tourbe d'un Glenmorangie, Alain avouer son faible pour le Balmoral avant de répéter qu'il y avait bien des cours d'eau entre Baie-Comeau et Fermont.

— C'est le problème. Et la Manicouagan. Vanier y a pensé, mais on n'a pas trouvé de corps.

Graham échangea un regard avec Joubert, qui avait enquêté l'automne précédent sur une femme qui s'était jetée dans une rivière. On avait découvert sa lettre d'adieu, mais la famille n'avait jamais pu récupérer sa dépouille.

— La Manicouagan, ce n'est pas un petit ruisseau, murmura-t-elle, et il y a des dizaines de lacs sur ce territoire.

Provencher poussa un long soupir. Il doutait qu'on retrouve le corps d'O'Toole.

*

Montréal, 19 juin 2015
Maud Graham reposa lentement le combiné sur son socle, se tourna vers Alain, intrigué par l'expression de stupeur qu'il lisait sur son visage.

— C'était Provencher. Le corps que l'équipe de Vanier a repêché dans un lac et que tu as autopsié n'est pas celui d'O'Toole.

Alain Gagnon écarquilla les yeux de surprise, protesta : un collègue d'O'Toole avait identifié le cadavre à la morgue de la rue Parthenais !

— On a eu de la chance avec le temps froid. L'eau glacée a conservé le corps. Thomas Bégin n'a eu aucun doute, il était vraiment choqué.

— Sauf que son ami ne s'appelait pas O'Toole. Les empreintes que vous avez relevées révèlent qu'il s'agissait d'un certain Frank Farnsworth. Fiché par Interpol il y a près de trente ans.

— Pour quel crime ?

— Il a fait ses classes à Belfast, dans toutes sortes de trafics. Puis il a exporté ses talents. Il aurait été tué à Beyrouth dans l'effondrement d'un commerce, en

1989. On l'a identifié à cause d'un tatouage au biceps droit. Une sorte d'oiseau dans un triangle.

— Mais mon O'Toole avait ce tatouage !

— Il faut croire qu'il y a deux types qui ont choisi le même modèle.

— Et qui se le sont fait faire à la même place ?

— C'est ce qui a intrigué Vanier. Il s'est demandé pourquoi Farnsworth a pris le nom d'O'Toole. Michel O'Toole n'était pas fiché comme criminel, c'est pour cette raison que son nom n'est pas apparu dans les banques de données. Mais plus d'un Michael O'Toole a disparu à la fin des années quatre-vingt.

— Ça veut dire que personne n'a réellement identifié le corps du type qui est mort à Beyrouth. Ils se sont fiés au tatouage, mais n'ont pas pris d'empreintes…

— C'est la meilleure hypothèse pour le moment. Mais l'autopsie que tu as pratiquée sur cet inconnu a clairement démontré qu'il avait été assommé avant d'être jeté dans la rivière. Il était mort avant de toucher l'eau, il n'y avait pas d'eau dans ses poumons. Qui a voulu tuer O'Toole ?

— Ou Farnsworth ? Je suppose qu'on recherche toujours la BMW ?

— C'est la seule piste à explorer pour l'instant.

*

Katherine McMurphy suivait de son index les lignes du triangle qu'un artiste avait tatoué sur son bras à

Paris quand Michael, Frank et elle s'y étaient retrouvés. Elle était amoureuse de Michael et elle aurait préféré être seule avec lui, mais Frank devait aussi quitter Belfast, se faire oublier. Elle aurait dû les accompagner au Proche-Orient. Elle aurait dû disparaître en même temps qu'eux. Avec l'enfant qu'elle portait. Qu'elle avait perdu quand la mère de Frank lui avait dit que son fils était mort avec Michael, dans une explosion au Liban. Qu'on n'avait retrouvé qu'un corps, mais là-bas, c'était encore pire qu'à Belfast…

« Je sais que tu les aimais beaucoup tous les deux. »

Katherine n'avait pas voulu peiner madame Farnsworth, confesser qu'elle n'avait jamais compris pourquoi Michael était ami avec Frank. Pourquoi il n'avait pas pris au sérieux ses mises en garde lorsqu'elle lui avait dit qu'il l'avait draguée avec insistance. Il avait ri, argué que tous les hommes étaient amoureux d'elle, qu'elle était trop belle. Voyons donc, ils formaient un trio depuis leur enfance. Un triangle d'amis.

« La chair de mes biceps est moins ferme qu'à cette époque », songeait Kate en lissant le tatouage, assise à la terrasse de ce café de Baie-Saint-Paul où elle avait suivi Frank Farnsworth. Elle avait teint ses cheveux acajou et parié qu'il ne pourrait pas la reconnaître. Elle avait entendu le barman l'appeler O'Toole. Elle avait questionné cet homme après le départ de son client. Appris que c'était un passionné de pêche et un journaliste. Elle avait lu un de ses reportages. L'avait abordé. Avait repéré le grain de beauté à la nuque. Elle ne se trompait pas. Elle avait prétendu qu'elle venait de Terre-Neuve. Qu'il trouverait de la matière pour plus d'un article s'il se rendait là-bas. C'était loin, c'est sûr, peut-être que le Nord ne l'intéressait pas. Il avait souri, dit qu'il partait pour Fermont le surlendemain. Fermont? Où il y a un genre de mur? Oui. Puis la Manic. Une route interminable en plein bois. Ah. C'était moins désert à Terre-Neuve. Il lui avait offert une bière. Elle avait hésité, jeté des regards inquiets à droite et à gauche et avait décliné son invitation, dit qu'elle ne voulait pas d'ennuis. Qu'il était tard. Qu'elle ferait mieux de partir. Elle était sortie dans la nuit froide de mai. Avait attendu que Farnsworth quitte le bar à son tour, l'avait suivi, hélé.

— Michel?

Il s'était retourné, s'était immobilisé en voyant la brune qui l'avait abordé plus tôt au bar. Dont il avait scruté le visage car il avait l'impression de l'avoir déjà vue.

L'avait fixée sous la lumière blafarde du lampadaire qui lui donnait l'allure d'un spectre.

— Qu'est-ce que...

— Je ne pouvais pas te parler tantôt, dans le bar, mais il y a des affaires que tu dois savoir.

— Il est tard, avait-il commencé à dire avant de remarquer la plaie au front de l'inconnue. Qu'est-ce qui t'est arrivé?

— Rien, avait-elle répondu en haussant les épaules. C'est juste que... il faut que tu saches pour le trafic de dope. Ce qui se passe à Fermont. C'est pour ça que tu y vas ?

— La dope ?

Elle avait inventé un trafic, un conjoint violent qui faisait partie d'un groupe de motards. Évoqué son désir de le voir arrêté. Sans plonger à nouveau. Elle ne voulait pas retourner en prison pour lui.

— Il faut que ça finisse. Mais il ne me laissera jamais... On part aussi pour Baie-Comeau après-demain. On s'arrêtera au Motel du Rosier, on s'arrête toujours là. Tu feras semblant de ne pas me reconnaître. Mais tu sauras ensuite qui gère le trafic là-bas.

Il avait posé des questions, émis certains doutes qu'elle avait écartés en inventant d'autres détails. Il avait lu l'angoisse sur son visage, s'était dit qu'il ne perdait rien à l'écouter, à en apprendre davantage. Tenait-il un scoop ?

— On sera là à la fin de la soirée. J'aurai une perruque.

Noire, avait-elle précisé. Et des lunettes rouges. Plus tard, des témoins parleraient d'un couple, un colosse avec une femme aux cheveux sombres, la quarantaine avancée mais bien conservée. Et même en forme. C'est l'activité physique qui avait sauvé Kate. Elle n'avait pas eu peur de monter à bord du camion qui s'était arrêté, elle avait plaisanté avec le chauffeur qui était descendu au Motel du Rosier. Aucun homme n'est effrayant quand on lève de la fonte, quand on court comme elle des marathons. Quand on n'a plus rien à perdre depuis longtemps.

Elle avait suivi le gros conducteur du camion dans sa chambre. Puis elle s'était levée durant la nuit. Était allée frapper à la porte de la chambre de Frank Farnsworth, avait prétendu que son mari avait tout découvert. Il fallait partir immédiatement. Sinon, il la tuerait. Et lui aussi.

Elle n'avait pas eu à mimer la panique, elle avait eu tellement peur que Frank ne croie pas à son histoire. Ne la prenne pas en pitié. Ne craigne rien. Ne la fasse pas monter derrière lui sur sa BMW.

Cent kilomètres plus loin, ils s'étaient arrêtés alors que l'aube trouait l'épaisse forêt scindée par la 389. Kate l'avait alors appelé Frank en sortant une arme de son blouson. Elle voulait savoir la vérité sur Michael. Elle s'attendait à des protestations, mais Frank avait répété que l'explosion avait tué leur ami, qu'il ne pouvait rien faire pour lui au Liban, qu'il avait compris en rentrant à l'appartement du type qui les hébergeait que Michael était mort avec son passeport et qu'il n'avait plus que le sien pour fuir le pays.

— Tu n'as pas eu envie de me dire la vérité après avoir quitté Beyrouth. Tu as préféré que je croie à la disparition de Michael.

— Mais il était mort de toute manière !

— J'ai espéré qu'il était vivant durant des années… Si tu étais rentré à Belfast… Mais tu t'es sauvé. Tu as gardé son nom ! Pourquoi ?

Les premiers rayons de soleil mouchetaient la route. Frank avait dévisagé Kate, tentant de deviner ce qu'elle attendait de lui. La vérité ? Quelle vérité ? Qu'il avait été mêlé à un trafic de drogue, qu'on avait pris Michael pour lui parce qu'ils se ressemblaient alors, crânes rasés, vestes de cuir identiques. Michael avait été assommé tandis qu'il protestait de son innocence, on avait laissé son corps dans une maison déserte dont Frank avait ensuite fait exploser la corniche après avoir glissé son propre passeport dans la poche du jeans de Michael. Peut-être qu'on volerait le passeport dans l'heure qui suivrait, peut-être que le corps pourrirait là alors qu'il aurait déjà quitté Beyrouth, fui le Liban, tenté de gagner Istanbul.

— Ta mère m'a dit que vous étiez morts tous les deux là-bas. Qu'on avait trouvé ton corps, mais pas celui de Michael. Tu aurais dû faire effacer notre tatouage. Changer de nom. Pourquoi as-tu pris son identité ?

Frank Farnsworth avait eu un sourire las ; elle n'avait pas encore compris ? Il avait toujours voulu être Michael.

— Mais c'était notre meilleur ami, on est allés le rejoindre à Belfast ! Puis à Paris, Berlin !

— Meilleur. Oui. Toujours le meilleur. J'ai peut-être pensé que je le deviendrais si j'étais lui. J'ai essayé de faire honneur à son nom depuis que je me suis installé ici. J'ai changé, Kate. Il faut que tu comprennes, j'étais jeune…

— Non! avait-elle crié en se ruant sur lui. Tu n'avais pas le droit…

Il avait esquissé un geste vers la droite pour lui échapper, mais elle l'avait martelé de coups de poing jusqu'à ce qu'il parvienne à saisir ses poignets. Elle avait cessé aussitôt de se débattre, ils s'étaient dévisagés un moment avant qu'elle lui donne un coup de genou dans la cuisse de sa mauvaise jambe qui l'avait déséquilibré. Il avait tenté de se redresser tandis qu'elle l'entraînait vers le sol, roulait sur lui pour le dominer. Il n'avait pas encore lâché ses poignets, mais avait compris qu'elle était beaucoup plus forte qu'il ne s'y attendait. Et que la rage décuplait sa puissance. Il y avait de la glace au fond de ses yeux, un iceberg de colère meurtrière. Il avait réussi à reprendre le dessus, à immobiliser Kate contre terre, à lui répéter « Que veux-tu, que veux-tu ? » sans qu'elle lui réponde, mais alors qu'il l'enserrait de ses cuisses, elle avait redressé son coude, l'avait atteint à la tempe, il avait basculé sur le côté. Était resté là tandis qu'elle se relevait lentement, le souffle coupé. Combien de temps avait-elle mis à comprendre qu'il était mort ? Qu'il s'était assommé sur une roche ? Et qu'on ne devait pas retrouver son corps auprès d'elle ?

— Il était mort, de toute manière, dit-elle à voix haute, et ce n'était pas sa voix qu'elle entendait, mais celle de Frank.

Elle avait traîné le cadavre vers la rivière, en se demandant s'il coulerait ou referait surface, s'il serait emporté très loin. Elle avait enfourché la moto. Elle se débarrasserait plus tard du sac, des mouches arc-en-ciel. Est-ce qu'on apprendrait un jour la vérité sur Michael O'Toole ? Qui détestait l'eau depuis qu'il l'avait sauvée de la noyade ? Qui jamais ne serait allé à la pêche ?

2

Les pas se rapprochent. Ces gars sont rusés, ils ont pourchassé tellement de gens dans leur vie qu'ils savent de quelle manière on tente de leur échapper. Mais d'habitude ils sont plus paresseux que ça. Ils ont dû croire que j'allais être une proie facile. Et peut-être bien que j'en serai une. Après tout, peu de maisons sont accessibles par des grilles entrouvertes. Ma cachette est une évidence.

J'avance vers le fond de la cave et fuis par un escalier serré, dans des couloirs miteux – c'est sans doute une maison de chambres. Les portes des appartements sont si rapprochées que leurs occupants doivent vivre dans des pièces grandes comme des cercueils. Odeur de jambon cuit, de cigarette et de détergent. Au troisième étage, le couloir aboutit sur une petite fenêtre entrouverte, destinée sans doute à laisser la chaleur s'échapper. Je tente de l'ouvrir davantage, mais une couche de peinture récente en scelle les glissières. Il y a des marques de pied-de-biche là où elle a été ouverte. Je redouble d'ardeur et, dans un fort grincement, parviens à la soulever.

Je m'y glisse en me tortillant et me laisse chuter sur le bardeau d'asphalte du toit. Puis je la vois, étalée à mes pieds : ma ville, vaste et brumeuse, sur sa côte meurtrie.

Dans quelques heures, le soleil va embraser l'horizon, la mer d'Irlande va se mettre à scintiller. Je pourrais rester assis ici en attendant le spectacle. C'est l'un de ces moments où je ressens l'immensité au creux de ma poitrine, comme si mon cœur était le pivot d'un compas démesuré tournant autour de moi à la manière d'une lame et me coupant du monde.

Au-delà, vers l'ouest, par-delà le pays perdu et reconquis, par-delà un océan autrefois mystérieux et nourricier – ah, l'insondable mystère des mers, où s'en est-il allé ? –, les Amériques.

Fuck, mon esprit déraille. Comment puis-je me laisser aller à penser à ça ? Première règle : ne jamais accepter un boulot de terroriste si, dans les moments cruciaux, vous êtes prédisposé à glisser dans des réflexions philosophiques. J'entends déjà les Anglais s'amuser de la facilité avec laquelle ils m'ont capturé : « Oh, en fait, nous l'avons retrouvé en pleine contemplation du paysage, réfléchissant à sa place dans l'Univers... »

Je contemple la nuit, j'y enfonce mon regard comme si je pouvais en apercevoir les ultimes frontières. Une fois encore, j'en arrive à ce constat auquel je suis arrivé plusieurs fois dans les derniers mois : j'ai passé toute ma vie dans la même ville et je n'ai jamais cessé d'y courir. Et si je courais vers un autre continent, vers un endroit où un homme comme moi peut se mouvoir sans

INTERMÈDE

crainte d'être pris en chasse ? Qui sait, peut-être même apprendre à rester en place ?

Et si j'avais pris ce job uniquement pour me placer moi-même dans l'obligation de partir ?

À hauteur des yeux

Stéphanie Pelletier

L'agent Banville et l'agent Vanier sont assis le dos bien droit sur leurs chaises. Lorsque je les ai invités à prendre place autour de l'immense table de ma salle à manger, Vanier a choisi le côté nord et Banville, le côté sud. Quant à moi, je suis installée tout au bout, entre les deux. Pour nous dégager de l'espace, j'ai dû repousser mon *laptop*, celui de mon amoureux, les assiettes et les tasses vides du déjeuner, mes trois pots de pilules de femme enceinte, *Le Devoir* du week-end, le livre *Révolutions* de Nicolas Dickner et Dominique Fortier, et la petite grenouille que je suis en train de coudre pour le mobile du bébé. L'agent Banville a les avant-bras appuyés dans les miettes de toasts et les quelques gouttes de confiture de pêches que je n'ai pas nettoyées. Je n'arrive pas à détacher mes yeux de la manche de son manteau qui ne manquera pas de rester collée au napperon quand il va se lever pour partir. Je n'ose pas l'avertir. Je suis trop intimidée.

Ils m'ont d'abord informée de ta disparition. Ils n'ont pas mis de gants blancs, je n'ai pas de statut officiel dans ta vie. Je ne suis ni ta femme, ni ta mère, ni ta sœur. Je t'ai pourtant aimé. Ils m'ont demandé des précisions sur notre relation. «Anciens amants», que j'ai répondu. L'agent Vanier a jeté un œil à mon gros ventre. Comme si une immense femme enceinte ne pouvait pas avoir eu d'amant. Je n'ai pas toujours été aussi vaste, monsieur, et surtout pas aussi enceinte.

Ils sont ici parce que tu as cogné à ma porte il y a quinze jours et que je t'ai invité à entrer. Je ne t'avais pas revu depuis trois ans. Tu as jeté sur mon ventre le même regard consterné que l'agent Banville. Tu devais t'attendre à me retrouver intacte. Mince et triomphante. Prête à laisser tomber tous mes vêtements dès que tu franchirais le seuil. Nous ne gardions pas contact entre tes visites, ni par courriel, ni par téléphone, ni par les réseaux sociaux. Je n'avais donc pas pu t'aviser de mon nouvel état. Depuis notre première rencontre, tu atterrissais chez moi de nombreuses fois par année, surtout lorsque les routes étaient praticables en moto, et je t'y accueillais. Pour toi, j'étais celle qui ne bouge pas. Celle qui attend. La réalité était bien différente et tu étais chanceux de ne pas débarquer ici en même temps qu'un autre. Je t'ai connu pendant les deux seules années *wild* de ma vie d'adulte.

Tu as rappliqué ici la journée de ma fête. Je revenais d'une réunion matinale à Rimouski pour l'animation d'un gala et je m'étais recouchée. Je t'ai entendu frapper les cinq premiers coups de *Shave and a Haircut* à la porte d'entrée et, comme Roger Rabbit dans le film, j'ai bondi en reconnaissant l'appel. Pour camoufler mes énormes seins, j'ai enfilé une robe de chambre à pois qui ne ferme plus tout à fait sur mon ventre et j'ai couru t'ouvrir. Tu as compris tout de suite qu'il n'était désormais plus question de poser la main entre mes jambes pour remplacer le « salut comment ça va » d'usage. Je me sentais défraîchie et mise à nu. Plus vulnérable encore que ce soir où tu avais plongé ton regard entre mes cuisses pour me décrire mon sexe dans les moindres détails. Ce soir où j'avais appris qu'un grain de beauté trônait entre mes grandes lèvres, juste au-dessus de mon clitoris, jumeau de celui que j'ai sous le nez.

Trois ans plus tard, debout dans l'embrasure de la porte, j'avais pleinement conscience de mes yeux cernés, des poils qui commençaient à repousser sur ma lèvre supérieure, des trous dans mon t-shirt de Jim Morrison, de ma rosette accentuée par le poids de ma tête sur l'oreiller et de l'aspect informe et bosselé de mon corps sous les couches de vêtements de coton mou que je portais. J'étais plus exposée que jamais.

— Salut, comment ça va ?

— Ayoye ! Michel, ça fait un bail !

Nous nous sommes embrassés sur les joues et je t'ai invité à t'asseoir au salon pendant que j'allais me changer. J'étais horrifiée à l'idée qu'un ancien amant ne me trouve plus belle. J'ai enfilé en tremblant ce que j'avais de plus féminin. Mes pantalons cargos rouges, mon chandail noir avec des plumes, des bijoux et un foulard. Depuis que ma grossesse m'a transformée en montagne, les accessoires sont tout ce qu'il me reste d'élégance.

Je t'ai servi un café. Tu n'as pas osé émettre de commentaire sur sa piètre qualité. Tu l'as même bu sans grimacer. Preuve que nos liens n'étaient désormais plus les mêmes, qu'une gêne s'était installée entre nous. Tu m'as demandé de mes nouvelles et moi des tiennes. Avec un trémolo dans la voix, je t'ai parlé de cet amoureux qui se prénomme comme toi et dont je porte l'enfant. Un amour vaste comme je n'avais jamais osé en rêver, pourtant tissé de simples joies quotidiennes et de multiples sourires. Tu m'as confié que tu continuais de voir Érica, que vous pensiez à vous remettre ensemble, qu'elle avait accepté de vivre avec toi à Baie-Saint-Paul. En entendant son nom, je n'ai pas eu un haut-le-cœur de jalousie comme par le passé. J'étais heureuse pour toi. Quand tu m'as posé des questions sur les paquets de bois franc qui encombraient l'entrée, je t'ai décrit les rénovations que nous avions entreprises pour accueillir le bébé dans nos vies.

Non, nous ne savions pas le sexe. Oui, nous avions des idées de prénoms.

Tu as souri en les entendant. Tu as dit que, venant de moi, ces choix ne t'étonnaient pas. Tu m'as demandé pourquoi j'avais voulu faire un enfant. Je t'ai répondu que nous avions eu envie de partager l'immense bonheur qui s'accumule dans cette maison pour ne pas le laisser prendre la poussière. Tu t'es penché en avant en joignant les mains et en appuyant tes coudes sur tes genoux. Tu as redressé la tête vers moi et tu m'as dit que j'avais toujours eu ce don pour multiplier la joie. Que tu me l'enviais.

Vers 16 h 30, tu t'es levé en me remerciant pour l'accueil. Tu as dit que tu étais content de me trouver aussi épanouie. Tu m'as regardée longuement en souriant et m'as complimentée sur mon air radieux. Tu as dit que c'était sincère, que tu me trouvais magnifique. Je t'ai cru.

Dans l'embrasure de la porte, tu m'as serrée dans tes bras. Pendant une fraction de seconde, ton corps m'a manqué jusqu'à la douleur. Tu as rigolé. Tu m'as repoussée doucement en disant que le bébé venait de te donner un coup de pied pour que tu lâches sa mère.

Debout sur la galerie, je t'ai regardé partir.

Deux minutes plus tard, mon amoureux est arrivé du travail avec un bouquet de fleurs et des emplettes pour me cuisiner un repas d'anniversaire. Il était étonné d'avoir croisé une moto dans un rang de gravelle à cette époque de l'année. Je lui ai dit que c'était toi.

*

— C'est tout ?

L'agent Vanier me fixe. Je hausse les épaules.

— Il ne vous a pas parlé de son intention d'aller sur la 389 ? Il n'avait pas l'air préoccupé, malheureux, effrayé ?

— Non, je n'ai rien remarqué.
— Il ne vous a pas semblé différent ?
— Oui, mais comme je vous l'ai déjà dit, je crois que c'était plutôt à cause du petit malaise entre nous.

L'agent Banville se relève et le napperon reste collé à sa manche comme je l'avais prévu. Il secoue son bras pour se dégager et me tend sa carte.

— Si jamais vous vous souvenez d'un détail qui pourrait nous aider, n'hésitez pas, téléphonez.
— Voulez-vous une débarbouillette pour nettoyer votre manteau ?
— Nenon, c'est beau madame. Bonne fin de journée. Pis félicitations encore pour votre ti-bébé.
— Merci.

Les bras croisés, je reste figée dans l'entrée. Je vois la porte se refermer sur eux. J'entends le moteur de leur voiture qui s'éloigne.

Tu es mon troisième disparu. D'abord mon grand-oncle Edwin, puis ma cousine Marilyn, presque ma sœur, et finalement toi, mon ancien amant.

*

Jamais je n'aurais cru qu'il pouvait être aussi difficile de sarcler un jardin. À cause de mon gros ventre, je passe plus de temps appuyée sur mon râteau pour reprendre mon souffle qu'à nettoyer notre petit coin de terre. J'entends les coups de marteau de mon amoureux qui essaie de décoller le vieux prélart du deuxième étage.

Nous nous sommes levés avec l'intention de profiter du soleil et de travailler ensemble sur notre terrain, mais les plans ont changé en cours de route. Pendant qu'il se fait chier à s'échiner sur le plancher, moi je suis seule dehors avec ton ombre.

Pour échapper à ton souvenir, j'observe notre terrain, je redécouvre mon royaume enfin débarrassé de la neige. Les pivoines que mon amoureux et moi avons plantées l'an passé ont survécu à l'hiver. Il faudra leur mettre des tuteurs pour les préserver du tracteur à pelouse. Je me souviens de cette fois où tu avais tondu le gazon et mes trois seuls rosiers pour me rendre service. Il y a déjà, dans le carré de fines herbes, quelques brins de ciboulette et un peu d'origan, je les mettrai dans la papillote de pommes de terre que mon amoureux et moi cuisinerons sur le barbecue ce soir. Je n'avais pas de barbecue à l'époque de nos fréquentations et tu avais fait cuire des bavettes de wapiti sur la braise du foyer. Ce matin, j'ai suspendu les mangeoires à oiseaux et déjà un petit chardonneret s'attarde dans les branches du faux acacia en poussant sa mélodie. Demain, au moins une dizaine d'espèces se chamailleront pour leur pitance.

J'ai acheté ces mangeoires il y a quatre ans, pour rendre hommage à un ami écrivain décédé de façon brutale.

Mais pour rendre hommage aux disparus, rien ne peut être fait.

Les disparus ne sont pas morts. Ils ne se laissent pas oublier. Ils reviennent respirer tout contre notre oreille quand on s'y attend le moins. L'affiche *Disparition Marilyn Bergeron* est encore collée sur ma porte d'entrée, je n'ai jamais pu me résigner à l'enlever. Sept ans que Marilyn s'est envolée et je peux encore sentir son odeur, sa petite voix hyperactive, la texture de ses cheveux. Je rêve d'elle tous les mois. Je rêve de son retour. Elle a laissé un vide dans nos vies, comme une fosse jamais refermée qu'il faudrait contourner chaque fois qu'on traverse la cour pour ne pas tomber dedans. On ne peut pas se recueillir devant une fosse. Une fosse, ce n'est rien. C'est un trou.

Michel. Depuis que les policiers m'ont annoncé ta disparition, j'entends sans cesse le son exact de tes orgasmes. Je sens tes doigts se promener sur mon flanc comme si tu voulais imiter des fourmis. Je t'entends râler contre mon café imbuvable et me promettre de m'apporter une bonne vieille cafetière italienne à ta prochaine visite. J'ai les joues écorchées par ta barbe qui repousse. Je suis prisonnière d'une autre ligne du temps.

Ce qui bouge dans mon ventre me semble incongru. Je n'arrive plus à imaginer notre terrain parsemé de jouets multicolores et égayé par les gazouillis d'enfant.

Quelque chose dans ma vie s'est déplacé.

*

Quand on tape *route 389* sur Google Images, on trouve autant de photos de voitures accidentées que de clichés de gens qui ont eu du fun en vacances. Il y a même une page Facebook «Accidents sur la route 389» qui compte plus de trois mille mentions «J'aime». Ça ne m'empêchera pas d'y aller.

Mon amoureux a émis une profonde réserve quant à cette idée de voyage. Il ne comprend pas pourquoi je tiens tant à me retrouver sur la route où mon ancien amant se dirigeait quand il a été vu pour la dernière fois. Moi non plus. Mais je sais que ce qui me pousse vers là-bas n'a rien à voir avec ses craintes. Il ne devrait pas être jaloux d'un absent. Je ne suis plus amoureuse de toi. Je ne m'en vais pas à ta recherche.

Il faut que je parte d'ici pour me débarrasser de quelque chose. Ou pour aller le vivre ailleurs. Je ne peux pas rester en place. Les gens qui disparaissent me donnent envie de fuir à mon tour.

J'ai besoin de voir cette route.

Lorsque Marilyn est disparue en février 2008, je n'ai pas pu attendre à la maison qu'on me donne des nouvelles. J'ai pris l'autobus et je suis allée coller des affiches d'elle partout dans Montréal. Pendant deux semaines, j'ai contacté des journalistes et accepté des demandes d'entrevues. J'ai même poussé l'amour et l'abnégation jusqu'à consentir à être reçue à l'émission de Denis Lévesque pour parler d'elle. Il existe, quelque part dans les archives du *Journal de Montréal*, une photo de moi avec un air triste brandissant une affiche *Disparition Marilyn Bergeron*. Je me suis prêtée au jeu du journalisme de chiens écrasés pour donner toutes les chances à son lumineux visage d'être vu partout au Québec.

Puis il m'a fallu revenir à la maison, au quotidien, mais Marilyn a continué de me hanter pendant des mois. Je me convainquais qu'elle était prisonnière de la cave d'un de mes voisins. Je la cherchais dans tous les endroits publics. Je croyais l'apercevoir à chaque coin de rue.

Je ne peux plus me permettre de rester imprégnée par une absence pendant des mois. J'attends un enfant. J'ai une chambre de bébé à repeindre et à décorer. Des plats congelés à cuisiner. Des petits animaux à coudre pour mon mobile. Un jardin à semer. Toute une maison à remettre en ordre, et je ne veux pas faire cela avec ton ombre dans mes pattes.

Alors même si ma mère gémit que la 389 est la route la plus dangereuse du Québec et qu'on ne va pas se perdre là quand on est enceinte, même si mon amoureux se sent menacé par ta non-présence, je pars t'exorciser sur un chemin de *truckers*. Je prendrai une grosse bière à ta santé quelque part en cours de route. Et lorsque je reviendrai, je serai débarrassée, je ne te permettrai plus d'errer dans mon jardin, ma maison et ma vie.

*

J'ai les doigts et le bout du nez gelés. J'ai passé presque toute la traversée sur le pont du *Camille-Marcoux*.

Aujourd'hui il fait chaud partout, mais pas sur le fleuve. Je n'ai averti personne de ma famille, pas même ma grand-mère, que je passais par Baie-Comeau. Je veux être seule avec ton absence. J'ai réservé sur Internet une chambre au Motel du Rosier. C'est là que tu as été vu pour la dernière fois. Ils ont dû avoir un problème avec leur webmestre, parce que la section « Activités dans la région de la Manicouagan » était en latin. Sans doute une petite vengeance personnelle pour une mise à jour de leur site qu'ils auront omis de payer. Par la fenêtre de ma voiture, je tends ma carte d'embarquement au jeune homme qui les collecte et je descends du bateau. J'entends le bruit familier de mes roues qui franchissent la rampe d'accès aux véhicules. Ce son, je l'adorais quand j'étais petite parce qu'il signifiait que je n'étais qu'à quelques minutes de retrouver mon grand-père, ma grand-mère et tous mes cousins et cousines.

Prise par l'odeur sucrée des conifères, je renonce à remonter ma vitre malgré l'air frais de ce début de soirée et je me dirige vers le motel.

*

La dame de l'accueil est bavarde. Elle m'étourdit. Je ne lui ai pas posé la moindre question et déjà elle me raconte que des policiers sont venus la semaine dernière l'interroger à propos d'un homme disparu. Elle ne sait pas que je te connais. Elle m'explique que tu es journaliste, qu'ils t'ont recherché en vain sur la 389, ne trouvant de traces ni de toi ni de ta moto. Puis elle me dit qu'elle se souvient trrrrrrrrès bien de toi et te décrit en détail, ajoutant avec un air coquin qui me rend inconfortable que tu étais bel homme. Aurais-tu couché avec une femme qui met de l'ombre à paupières bleu électrique ? Elle ajoute qu'elle avait été étonnée d'apprendre que tu allais sur la 389 en moto. Seuls quelques aventuriers un peu têtes brûlées s'y risquent chaque année avec des semi-trails. Quelques-uns sont revenus les pieds devant, mais tu es le premier à ne pas être revenu du tout. Comme je ne dis pas un mot pour alimenter la conversation, elle me tend les clés de ma chambre, me parle des quelques restaurants que je pourrai trouver aux alentours et me souhaite un bon séjour.

Ma chambre est affreuse et elle sent le vieux monsieur. Les meubles sont en mélamine bleue, il y a des stores verticaux qui font un bruit d'enfer lorsqu'on les ouvre pour avoir une vue sur le boulevard La Salle. Le plancher est couvert de tapis industriel. On dirait que tu choisis délibérément les endroits les plus surannés pour te faire croire que tu as un pied dans ce monde-là. Chez moi, tu te plaignais du goût affreux du café d'épicerie, tandis qu'ici je t'imagine très bien en train de commander une grosse Bud au bar.

*

J'ai eu des brûlements d'estomac toute la nuit à cause du beurre à l'ail de l'assiette du pêcheur du restaurant

Les Trois Barils. J'ai oublié mes pilules de pantoprazole à la maison, ma journée va être un enfer. J'ai envie de manger de la salade de fruits. Rien d'autre. Mais l'ostie de restaurant déjeuners que j'ai choisi ne sert que de l'ostie de salade de fruits en canne. J'ai les hormones de femme enceinte dans le tapis, j'ai envie de cracher sur le calepin de la serveuse. Je commande des toasts et de la confiture. Ils n'ont pas de café décaféiné. Je lui demande un verre de jus d'orange. Ça, ils ont.

Tu n'as jamais été revu depuis que tu as quitté le Motel du Rosier. Si ça se trouve, tu es enfermé dans la cave de ce restaurant exécrable. Tu n'as peut-être jamais emprunté la 389, même si tu en avais l'intention. Si tu es vraiment disparu sur cette route et qu'il n'y a aucune trace d'accident, tu pourrais être un espion qui a fini son chemin dans une remorque ayant pour mission de le conduire sur une piste d'avion secrète cachée au milieu des conifères, d'où il s'envolerait pour la Sibérie. Ou peut-être as-tu décidé de te construire une bicoque quelque part dans la forêt et de devenir le troisième ermite des monts Groulx, comme ces deux hommes qui accueillent chez eux depuis de nombreuses années les randonneurs téméraires avant leur ascension.

La serveuse dépose mon addition face contre table. J'ai envie de m'enfuir sans payer. Les toasts étaient en pain Gadoua aplati et beurré jusqu'à l'imprégnation. En bonne fille, je mets un dix dollars sur la table et je conserve la facture pour mes impôts de travailleuse autonome. Après tout, mon dernier roman portait sur une disparition et le prochain aussi. On pourrait presque dire que je suis ici pour faire de la recherche sur le sujet.

Avant de partir, je fouille dans mon sac pour repérer mes lunettes fumées et ma gomme. Je place mes clés d'auto devant moi et les observe un instant. Je me projette sur cette longue route que je m'apprête à emprunter et qui mène presque au bout du monde. À une certaine époque, je m'imaginais souvent partir pour me libérer de tout ce que j'avais édifié dans ma vie. Combien de fois ai-je rêvé de m'enfuir pendant la nuit? Combien de fois ai-je hésité à une intersection avant de reprendre le chemin de la maison?

Le bébé gigote dans mon ventre.

Je ne sais même pas comment changer un pneu.

— Qu'est-ce que je crisse icitte?

— Pardon?

Je n'avais pas remarqué la serveuse qui est en train de me donner du change pour mon dix.

— C'est beau, gardez la monnaie.

*

La 389 ressemble à tous les chemins de la Côte-Nord, mais avec moins de maisons. J'ai roulé pendant un peu plus de trois heures sans m'arrêter. Du sable ou du roc, des conifères, des rivières et la fameuse odeur sucrée, comme si l'effluve des bleuets restait accroché quelque part dans l'atmosphère toute l'année. Malgré mes aigreurs d'estomac persistantes, j'ai grignoté des fruits, du fromage en grains et des pinottes barbecue Krispy Kernels pour me sustenter. Les Krispy Kernels me rappellent ces moments privilégiés où mon père m'amenait avec lui quand il allait au garage pour faire réparer ses autobus ou au bar du coin pour siroter sa bière : chaque fois, j'avais droit à des pinottes et un Pepsi. J'étais tellement fière de l'accompagner.

Je suis passée sans m'arrêter devant Manic-2, Micoua et Manic-5. J'ai croisé quelques voitures et plusieurs semi-remorques. À chacune de ces rencontres, je serrais mes mains sur le volant de ma petite Yaris, pour m'assurer de ne pas dévier de ma trajectoire. Les vans ne m'ont jamais effrayée, mais ici, ce n'est pas pareil. Ici, on a l'impression d'être sur leur territoire. Et que leurs conducteurs nous laisseront passer uniquement s'ils sont d'humeur.

Je me suis arrêtée au Relais Gabriel pour faire le plein. J'ai acheté une grosse Bud, un autre sac de pinottes, des jujubes et des chips. Je mangerai les fruits qu'il me reste pour compléter mon souper. Les sandwichs de dépanneur me dégoûtent et j'ai toujours peur de me taper une intoxication alimentaire si j'en ingère. Le monsieur au comptoir m'a jeté un regard sévère en scannant ma bière. Ça ne m'a pas fait un pli.

J'ai rejoint ma voiture juste à temps pour éviter une douche tiède. Dès que j'ai refermé ma portière, le ciel s'est déchiré et la pluie s'est mise à tomber comme des clous. Je ne sais pas pourquoi j'ai repris la route vers le nord. Je n'ai jamais eu l'intention de me rendre jusqu'à Fermont. Je voulais faire demi-tour au relais. Mais je n'avais toujours rien trouvé, rien exorcisé. La pluie était si drue que mes essuie-glaces ne fournissaient plus. Je voyais à peine la route devant moi. Puis l'orage s'est calmé pour reprendre de plus belle une vingtaine de minutes plus tard. J'ai traversé un pont à voie unique et j'ai décidé de m'arrêter juste après, en attendant que ça se calme. J'ai décapsulé ma grosse bière.

*

Me voilà donc, stationnée au milieu de nulle part, avec entre les cuisses une grosse bière dont le goulot pointe vers mon ventre de femme enceinte comme la flèche de la culpabilité, à attendre que le temps soit plus clément, sans avoir la moindre idée de la direction que je prendrai ensuite. Mon bébé se déploie à l'intérieur de moi, il s'étire et donne des coups. Pour le calmer, je lui chante les deux berceuses que je fredonne chaque fois que je prends une douche : *La Manic* de Georges Dor et *Le renard, le loup* de Paul Piché. Les nuages se dispersent plus loin devant, quelques rayons de soleil filtrent au travers. Il tombe encore quelques gouttelettes sur le toit de ma voiture. Je regarde par toutes les fenêtres pour trouver l'arc-en-ciel. Comme je ne vois rien, je sors de l'habitacle avec ma grosse bière dans la main droite. J'aperçois enfin un double arc-en-ciel dont les deux arcs bien visibles sont saturés de couleurs. Je me remémore en souriant cette tordante vidéo YouTube où un homme s'extasie devant le même phénomène au Yosemite National Park. Je me suis toujours demandé si ce mec avait fumé un gros pétard avant de tourner ces images ou s'il avait été touché par la béatitude dès sa naissance.

Un panneau m'indique le nom du cours d'eau que j'ai traversé avant de m'arrêter. Rivière Beaupin.

Le soleil et la chaleur sont de retour. Je jette un coup d'œil en bas du pont. Je décide de le traverser en sens inverse puis de descendre pour m'approcher de l'eau. Je m'assois sur une pierre et je regarde le bouillonnement des vaguelettes qui frappent les rochers. S'il était ici avec moi, mon amoureux parlerait de descendre ces rivières sauvages en canot et de camper sur leurs plages. Il rêverait d'être éclaboussé par leurs flots vifs et de reprendre le cours de la vie là où les coureurs des bois l'ont laissé. Quand il revient de ses escapades au cœur de la nature sauvage, son visage blond roussi par le soleil, j'ai l'impression qu'il porte désormais quelque part dans son âme un morceau de la rivière sur laquelle il a pagayé, et qu'elle chantera dans sa voix et dans son corps toute sa vie durant.

Le bruit d'un gros semi-remorque qui roule vers le sud me tire de mes pensées. Je l'entends traverser le pont au-dessus de ma tête et freiner quelques mètres plus loin. Le moteur s'éteint, la portière s'ouvre et se referme. Puis, des pas avancent dans ma direction. Je me sens menacée par cette nouvelle présence. J'hésite entre courir le plus vite possible vers ma voiture ou rester tranquillement où je suis pour ne pas perdre la face. Je comprends qu'il est trop tard pour me décider lorsque le camionneur attaque à petits pas la pente qui mène jusqu'à moi.

— Est-ce que ça va, ma fille ? Es-tu en panne ?

L'homme est très gros mais campé sur de grandes jambes minces. Si j'avais à m'imaginer le portrait de l'illuminé qui a filmé le double arc-en-ciel, je crois que je lui donnerais ce visage-là. Les cheveux foncés, un peu longs et bouclés, une barbe fournie, d'épais sourcils et d'immenses yeux d'une couleur impossible à définir, oscillant entre le vert, le brun et le gris. Un ours. Il est tout essoufflé d'avoir parcouru quelques mètres.

— Je vais bien, monsieur, je me suis stationnée là le temps que l'orage passe, pis quand le soleil est revenu, je suis sortie de mon char pour voir les arcs-en-ciel et la rivière.

— Ah ben tant mieux, je pensais que t'avais un problème, c'est rare qu'on voit des chars parqués icitte.

Il reste debout à quelques mètres de moi, comme s'il n'osait pas s'en aller et me laisser toute seule ici. Spontanément, je lui tends ma grosse Bud en souriant.

— Voulez-vous une gorgée ?

Ce geste-là, Marilyn l'aurait posé si elle avait été ici, toi aussi Michel, tu l'aurais posé si tu avais été ici. Mais moi, je suis d'ordinaire trop farouche, trop peureuse pour inviter les gens à visiter ma solitude, à s'y asseoir avec moi et parler. L'homme descend jusqu'à moi en soufflant, il s'accroupit pour s'installer sur une pierre voisine de la mienne. Il grogne et gémit en pliant sa carcasse. Il a l'air plus enceinte que moi. Il prend la bouteille et avale une longue gorgée.

— Si ça peut t'empêcher de finir ta bouteille toute seule, j'vas t'aider.

— Inquiétez-vous pas, j'avais pas l'intention de la finir, faut que je conduise pour m'en retourner.

Après s'être raclé la gorge à quelques reprises, il finit par me demander ce que je fais là, toute seule avec mon petit char sur la 389 et enceinte par-dessus le marché. Sans la moindre pudeur, je lui parle de toi, de ta disparition, de toutes mes disparitions. Je vais même jusqu'à lui confier que je suis effrayée par cette pulsion de partir qui a longtemps logé en moi aussi. Que j'ai peur de finir comme la mère de la pièce *Les muses orphelines* et d'abandonner amoureux et enfant pour ne pas affronter la vie que j'ai moi-même choisie. J'ai un bébé qui fait du *work-out* dans mon ventre, je l'aime, ce bébé, j'aime son père. Mais si je n'arrivais pas à rester pour être sa mère ?

Je ne voudrais surtout pas n'être qu'une mère.

Je veux continuer d'être une amante, d'habiter pleinement mon corps, d'être une créatrice, de refuser l'autocensure, de voyager et de me mettre en danger sans brimer le bonheur du petit être qui fleurit en moi.

Il me confie en retour qu'il a déjà travaillé dans une *shop*, à faire tous les jours la même maudite affaire. Trier des planches de bois. Qu'il a une femme et trois enfants, qu'il les adore, mais qu'il s'est déjà retrouvé debout sur un tabouret avec une corde autour du cou. Qu'il n'a pas donné le coup de jambes fatidique. Qu'il est descendu de là en tremblant, avec une puissante volonté de changer de métier. Qu'il est devenu *trucker*. Qu'il n'avait jamais eu l'intention de se pendre, au fond. Qu'il ne comprend toujours pas pourquoi il s'est retrouvé debout sur ce maudit tabouret.

Moi je sais.

Je me suis rendue jusqu'ici comme lui est grimpé sur le tabouret. Je me suis placée dans cette situation en sachant très bien que je n'étais plus habitée par le désir de partir, mais pour en être bien sûre. J'avais besoin de voir la croisée des chemins, comme lui a eu besoin de voir la corde se balancer devant ses yeux afin d'être absolument certain qu'il ne finirait jamais le cou dans le nœud et les pieds dans le vide.

*

Nous avons continué de parler de nos vies, des êtres aimés. Nous avons bien rigolé. À un moment, je lui ai dit que le bébé bougeait et l'ai laissé poser sa main sur mon ventre pour qu'il le sente. Il avait les larmes aux yeux. Son plus jeune a quinze ans maintenant, il n'avait jamais eu la chance de ressentir à nouveau ces petits soubresauts sous sa paume.

Il m'a fait remarquer qu'il commençait à se faire tard et que si nous voulions rouler un bon bout à la clarté, nous étions mieux de partir. Il m'a proposé de passer devant lui, il a dit qu'il savait comment ça peut être désagréable de suivre un gros *truck* qui nous envoie de la boue et des cailloux dans le pare-brise à tout bout de champ. Il m'a suivie jusqu'à la route 138. À l'intersection, je t'ai lancé un « Adieu Michel » à voix haute. Puis, quand j'ai mis mon clignotant pour tourner à gauche, le gentil camionneur a klaxonné pour me saluer. Je l'ai vu se diriger vers Pointe-Lebel pour y retrouver sa famille.

Quant à moi, j'ai décidé d'arrêter dormir chez grand-maman.

3

Ils étaient paresseux, après tout. La ville est maintenant silencieuse, hormis un jappement çà et là, le grondement feutré de l'océan.

Je passe sur le toit voisin, puis le suivant, jusqu'à trouver un arbre accessible. J'y descends, me retrouve de nouveau dans la rue. Je marche lentement, en faisant le moins de bruit possible. Ce qu'ils ont pris en chasse, c'est un homme qui courait, hors d'haleine; mon déguisement sera mon calme. Mon déguisement sera de faire semblant que je n'ai pas fait que ça à chaque seconde de ma vie, courir.

Quand j'arrive à l'appartement, elle n'y est plus. Les fenêtres sont ouvertes, les rideaux s'y balancent, quelques papiers ont été balayés du bureau par le vent. Par terre, dans un coin, je les vois qui s'animent et retombent comme les ailes d'oiseaux blessés.

Je les ramasse en jetant un œil à la ronde, mais je suis vite rassuré : il n'y a personne d'autre ici, rien n'y est entré sinon cette brise constante, que j'étais trop agité pour avoir perçue dans la rue.

Je pense prononcer son nom, mais peut-être est-ce seulement par attachement pour le son qui y est associé. Ou encore je sais que c'est tout ce qu'il me restera, quelques adorables syllabes gaéliques. Nous en avions parlé, elle m'avait mis en garde. Je l'avais assurée que je n'allais pas le faire, puis j'ai passé la porte comme si c'était une journée ordinaire et je suis allé dire aux gars : « OK, je vais le faire. » J'ai tenté le coup, et j'ai presque réussi. Je me demande qui a mouchardé. Je me demande quelle est ma valeur sur l'échiquier politique ; quelle est la valeur d'un terroriste ? Chacun des deux clans doit y accorder un certain prix, mais pour ceux qui sont au pouvoir, toute capture est d'abord synonyme de mal de tête. Qu'ont-ils à y gagner ? Ils risquent surtout de voir un quidam devenir un symbole, une inspiration pour d'autres. Encore plus d'émeutes, encore plus de Troubles...

Je m'assois à mon bureau. L'atlas est ouvert, ses lourdes pages résistent au courant d'air. J'aide le vent à les tourner. Europe, Afrique du Nord, Asie, Amérique : la surface entière du monde, étalée sous mes yeux.

Si je rassemblais tous les pas que j'ai pu faire aux quatre coins de Belfast, que j'en faisais une bobine puis les déroulais en ligne droite à travers le monde, où donc aboutirais-je ? Je les enroulerais autour du globe comme des guirlandes d'ampoules colorées autour d'un sapin de Noël, faisant de la Terre la roue d'un hamster tournant sous mes pieds, jusqu'au terme de ma vie. Si souvent j'ai fait courir mon doigt sur la mappemonde

INTERMÈDE

en imaginant cette addition de tous mes déplacements, chacune de mes avancées, porté par le désir ou la rage; chacune de mes retraites aussi.

Je refais l'exercice une fois encore, pour aboutir là où j'aboutis toujours : au Québec.

Le nord magnétique

Tristan Malavoy

C'est là que je pense le mieux. Sur cette bonne vieille BM qui avale les kilomètres d'un appétit tranquille, régulier. Les amortisseurs sont en fin de carrière, je m'en rends compte sur cette portion fatiguée de la 389 où l'hiver a laissé des nids-de-poule profonds, mais rien de grave. La musique du moteur est toujours aussi belle, elle anesthésie ces emmerdements qui prennent tant de place dans une vie. Plus rien de tout ça, ici, tandis que le soleil chauffe le bitume lézardé et que ma tête se vide de tout ce qui n'est pas mon projet de la journée.

Cet arrêt prévu dans le cadre du reportage, il tenait en quelques mots dans le synopsis proposé à *L'actualité*. « Arrêt à Gagnon, ville morte. » À travers tous les autres thèmes de l'article envisagé, l'escale ne devait pas occuper plus de deux ou trois paragraphes, simple rappel de l'étonnante histoire d'une localité créée en quelques mois et disparue aussi rapidement, vingt-cinq ans plus tard. Pourtant, et ça personne ne le sait, pas même Érica, l'ancienne ville minière est au cœur de mon voyage, la raison même pour laquelle je suis parti.

L'objectif n'est pas journalistique, non. Ou à peine. D'autres ont raconté cette histoire, recueilli les témoignages. Et puis le temps a passé, l'essentiel est moins sur le terrain que dans les récits et les images d'archives. Non, j'y vais pour moi. Parce que depuis six mois, Gagnon m'attire, Gagnon m'habite. Le reportage ? Un prétexte.

Il y a six mois, alors qu'Érica et moi discutions de la Révolution tranquille – je ne me ferai jamais à cette formule, à cette idée qu'une révolution puisse l'être, tranquille –, elle m'avait parlé de son lien familial direct avec Onésime Gagnon, proche de Maurice Duplessis et son ministre des Finances de 1944 à 1958. « Mon grand-oncle, imagine-toi », avait-elle laissé tomber comme s'il s'agissait d'une tare génétique. Je m'étais évidemment amusé de ce que figure dans son arbre généalogique, elle dont les idées étaient si libérales, l'incarnation même du conservatisme le plus obtus que le Québec ait connu. « Comme quoi rien n'est jamais perdu », avait-elle joliment répliqué, avant de faire non moins joliment dévier la conversation en m'expliquant que ce grand-oncle avait eu l'insigne honneur de voir son nom donné à la ville de Gagnon, lui qui avait, entre autres portefeuilles, été ministre des Mines.

Mort un an après la fondation de cette ville symbolisant l'avenir et la prospérité, Onésime n'avait jamais su que cet emploi de son patronyme, qui le rendait ivre de fierté, avait finalement été associé à l'un des plus spectaculaires fiascos de l'histoire récente de la province.

D'emblée, le destin de Gagnon m'avait captivé.

La BM se laisse aimanter par le nord. Plus qu'une heure à voguer sur cet océan d'épinettes noires et je le verrai de mes yeux, ce lieu si souvent visité en rêve : Gagnon, ville morte.

*

28 janvier 1960. Trois ans après la découverte d'importants gisements de fer dans la région, Gagnon est fondée sur la rive du lac Barbel, à trois cents kilomètres au nord de Baie-Comeau. À vol d'oiseau. Folle entreprise, puisqu'il n'y a sur place pas le moindre début d'infrastructure. Il faudra tout faire, et vite.

Le développement de Gagnon, souvent appelée Gagnonville, c'était quelque chose à ce qu'il paraît. Grâce à des investissements colossaux de la compagnie minière Québec Cartier, qui en deviendra l'employeur principal, on y bâtit une trentaine de maisons par mois. Église, hôpital, écoles primaire et secondaire, centre commercial, aréna, tout apparaît en moins d'un an au beau milieu des conifères. Sans oublier la gare et l'aéroport : il est question d'une route qui reliera un jour la ville au reste du continent, mais pour l'heure on ne peut y accéder que par train ou par avion. Cette route, sur laquelle je roule, ne sera terminée qu'en 1987. Deux ans après la fermeture de Gagnon.

*

Le soleil est déjà bas, sur ma gauche. Je n'ai rencontré aucun véhicule depuis une cinquantaine de kilomètres. Je sais ce que je verrai à mon arrivée, et ce que je ne verrai pas. On dit qu'on peut deviner çà et là le tracé d'anciennes rues et l'emplacement de quelques édifices, mais la nature a depuis longtemps repris ses droits et avalé l'essentiel du cadavre bétonné de la ville. De Gagnon, il ne reste que quelques bouts de trottoirs et un panneau triste, rongé par la rouille, qui rappelle qu'une collectivité s'est jadis enracinée ici: *Durant vingt belles années nous avons habité dans cette ville. Jamais au grand jamais nous ne t'oublierons Gagnon, ville de notre jeunesse et de nos rêves ensevelis.*

Dans la lumière déclinante, qui donne des reflets de bronze à la ligne torturée de l'horizon, les maigres restants m'apparaissent tels que je les ai vus en photo: dérisoires. Un conducteur le moindrement distrait passerait dans ce qui fut un petit centre-ville sans même s'en rendre compte. En immobilisant ma moto dans un sentier à peine visible de la route, à l'abri – idée un peu puérile, mais je veux vivre ce moment sans être dérangé par un éventuel routier –, je mesure à quel point je n'attends rien comme tel de ma visite. Je n'attends rien d'*extérieur* à moi-même, pour être précis. Je ne prends même pas mon calepin dans la valise de la BM; je pose casque et gants sur le siège et avance mains nues dans la broussaille, laissant mon imaginaire en roue libre, comme j'ai toujours aimé le faire quand je me retrouve seul.

Un frisson court dans mon dos malgré la chaleur encore intense. Le mot religieux me vient à l'esprit. Je le chasse aussitôt, il n'a pas sa place dans le décor. Je sais qu'il m'est venu à cause de cette sensation qui me gagne chaque fois que j'entre dans une église, moi qui pourtant les fréquente peu et ne crois en rien qui ne soit visible, humain.

D'autres mots remontent, qui ne sont pas les miens. Je les laisse résonner, ceux-là, mots d'anciens habitants qui trahissent tout l'attachement qu'avaient ceux-ci pour la ville. Leur ville. Écrin de leurs enfances et de leurs amours un jour arraché à la terre comme une plante décrétée inutile. Ce jour où, dans un salon bleu et feutré de l'Assemblée nationale, à huit cents kilomètres d'ici, on a décidé que le cours du fer ne justifiait plus la très subventionnée aventure de Gagnon. La mine de Fire Lake venait d'être fermée par Québec Cartier, après celle du lac Jeannine en 1977, et Québec en arrivait à la conclusion que le jeu n'en valait plus la chandelle. Le 1er juillet 1985, il y a trente ans presque jour pour jour, la ville était juridiquement dissoute. Gagnon allait être rasée.

*

J'avance dans la végétation assoiffée. Il n'a pas plu depuis un moment, dans le coin. Parfois le sol est dur sous mon pied, malgré les herbes hautes. J'imagine une rue, le solage d'une maison, une cour d'école où des voix d'enfants perçaient le ciel boréal, il y a quarante ans.

« Y avait pas de classes sociales, à Gagnon. »

« C'était le paradis, tout le monde travaillait. »

Des décennies après, c'est le genre de propos que tiennent ceux qui furent des Gagnonais.

« On était loin de toutte, mais je me suis jamais sentie isolée », disait une femme de l'endroit en entrevue à Radio-Canada, il y a quelques années. « On peut sortir un homme de Gagnon, mais on sort pas Gagnon d'un homme », soutenait dans le même reportage un septuagénaire à l'œil brillant, dont on devinait qu'il avait vécu là les meilleures années de sa vie.

Chez les uns comme chez les autres, une colère plus ou moins refoulée est perceptible, quelque chose d'avalé de travers malgré les généreuses indemnisations octroyées à l'époque.

Encore aujourd'hui, les Gagnonais restent en contact. Ils ont créé une page Facebook, ils y partagent de vieilles photos, des anecdotes. Ils y entretiennent un semblant de tissu social. « In memoriam Ville de Gagnon », ça s'appelle. La connotation liturgique me hérisse, mais l'idée m'émeut. Ces gens-là ont touché à quelque chose, autrefois ; impossible pour eux d'y renoncer tout à fait. C'est d'abord un job qui les a attirés, un bon salaire, mais dans l'éloignement, sur cet îlot social qu'est rapidement devenue Gagnon, ils ont eu accès à ce que tant de penseurs comme d'activistes n'ont entrevu qu'en théorie : un idéal collectif.

Je me grise de cette utopie fragile, je sais ce qu'elle réveille en moi. N'est-ce pas précisément ce à quoi je rêvais naguère, dans ce pays natal que j'ai voulu secouer, avec d'autres, pour qu'il rende possible l'établissement de bases civiques nouvelles, favorise une vie meilleure pour le plus grand nombre ? N'ai-je pas rêvé, des nuits entières, d'une ville où tout était encore à inventer ?

Le soleil couchant a rosi l'horizon, les brûlots se faufilent sous les coutures de ma veste, mais je n'ai pas envie de repartir. Je n'aime pas rouler de nuit, surtout sur une route au milieu de nulle part et qui m'est étrangère, mais j'étire le moment. Je suis à deux heures de Fermont, à la frontière du Labrador. C'est jouable. À moins que j'étende dans un endroit dégagé le sac de couchage que j'ai emporté au cas où, que je me badigeonne de chasse-moustiques et dorme sous cette voûte démesurée que les étoiles ont déjà commencé à perforer.

*

Il fait presque nuit. Les étoiles se comptent déjà par milliers. Nous sommes loin de toute pollution lumineuse, on voit sûrement ici des ciels à couper le souffle.

J'ai arpenté une bonne partie de l'agglomération disparue, maintenant. Il y a au moins un élément que je distingue aisément, un peu au nord : son cimetière.

Parmi les quelques pierres tombales, seulement trois, moins effacées par le feuillage, semblent avoir été visitées durant la dernière décennie. À côté, une dizaine de croix blanches assorties d'un angelot rose ou jaune délavé. Des enfants. Les petits anges de Gagnon.

J'ai entendu dire que d'anciens résidents tentent d'obtenir une subvention pour faire clôturer ce cimetière. Pour qu'il reste au moins ça là où il ne reste rien, un carré de paix où les orignaux ne viennent pas pisser.

Impression de solitude vertigineuse devant ces sépultures oubliées, en même temps que de paix immense. Peut-on trouver site plus propice au dernier repos ? Mais soudain le tableau vacille, l'émotion se brise. Quelque chose a lui dans l'ultime pâleur du jour. Les yeux d'un renard ? D'un hibou ? Un regard en tout cas, j'en suis presque sûr.

Je tourne sur moi-même, je m'en veux de ne pas avoir pris la lampe de poche, dans la valise de la moto. La BM est à deux ou trois kilomètres d'ici, j'aurais d'ailleurs du mal à la retrouver dans la nuit qui a tout enveloppé. La faible lumière que les étoiles déposent sur la Terre – c'est une nuit sans lune, je ne le remarque que maintenant – ne révèle que la silhouette des arbres et des pierres tombales. Je fouille des yeux partout, à la recherche de ce regard aperçu et aussitôt disparu, si vite que déjà je doute de ce que j'ai vu. Mais la peur est un animal qui se nourrit de peu de chose, et même si je n'ai jamais craint le noir, je me sens soudain à la merci de tout ce qui pourrait surgir de l'invisible.

Je marche à petits pas, en silence et courbé, comme si ça pouvait changer quoi que ce soit à ma situation. Sans raison, des bouts de notre discussion sur le sort de Gagnon, à Érica et moi, me reviennent en mémoire. « Tout s'est passé très vite vers la fin du démantèlement, avait-elle dit. Une rumeur a commencé à circuler. On a parlé de quelque chose de pas net, de matériaux volatilisés, d'enfouissement bâclé... »

Le moindre craquement me fait sursauter, je me sais ridicule et pourtant quelque chose m'oppresse, je sens la sueur perler sur mon front. Je me concentre sur mon souffle, m'oblige à expirer à fond. Ma raison s'apprête à reprendre le dessus quand un craquement plus fort que les autres me fait me retourner sur ma droite, si vite que j'en ai aussitôt une douleur au cou.

Puis je le revois, juste là. Il n'y a entre lui et moi que quelques mètres, et je le distingue assez nettement cette fois pour ne plus avoir le moindre doute. Un regard. D'homme. Et dans ma frayeur une question éclate : est-ce le même que tout à l'heure ? Je jurerais que non.

Je voudrais courir mais mes jambes ne répondent pas. Pour seule réaction, ce son qui sort de ma bouche :

— Hé !

Pas de réponse. Mes pensées tournent à toute allure. Quelqu'un de tapi dans la nuit, à des centaines de kilomètres de tout et qui choisit de ne pas s'identifier, ça n'annonce rien de bon.

— *Who are you ?*

Les mots sont venus en anglais.

Toujours pas de réponse. La peur au ventre, celle que je croyais ne plus jamais ressentir en venant m'établir ici, me reprend comme autrefois, à Belfast, les fois où je suis allé trop loin. Se pourrait-il que ? Jusqu'ici ? Un sursaut de ma raison me hurle que non. Impossible, trop compliqué.

Puis un deuxième regard, juste à côté. Et un troisième, non loin derrière.

Un nouveau tour sur moi-même achève de me terrifier : on m'encercle.

*

Le moment qui a suivi l'apparition de ces inconnus dans la nuit boréale est certainement le plus étrange que j'aie vécu. Après un long silence durant lequel j'ai eu le temps de m'imaginer étranglé, décapité, battu à mort, c'est une autre voix que la mienne qui a résonné dans l'air aussi dense qu'un liquide.

— Vous cherchez quoi ?

Je le sais maintenant, mes vis-à-vis ont eu aussi peur que moi. Mais pour d'autres raisons. Ça fait six jours, et si le petit groupe, à commencer par Marc, celui qui y fait figure d'autorité, me croit quand je dis ma fascination pour leur extraordinaire histoire et mon souhait sincère d'en préserver le secret, je suis encore une menace. Et vais le rester longtemps. Je suis celui qui pourrait tout compromettre, malgré notre connivence immédiate : je leur ai raconté ma vie, cette vie si éloignée de la leur et dont les motivations intimes, ils en ont vite été conscients, nous rapprochent.

Personne ne connaît leur installation ici, ni même leur existence. Les plus vieux sont morts ou disparus, dans les registres des hommes, et les plus jeunes, jusqu'à cette fillette de quatre ans dont les yeux ont le bleu profond d'un lac du nord, n'ont simplement pas d'existence officielle. Nés ici, en marge du siècle, ils habitent une ville souterraine aux dimensions modestes mais parfaitement organisée, avec des corridors et des espaces où dormir, manger, se laver, conserver les produits de la pêche et de la chasse. Ville miroir de celle qui s'est élevée ici, d'une certaine façon, dont ils prolongent le rêve. Ils n'en sortent que la nuit, ou quand la preuve est faite qu'il n'y a personne dans les parages.

Après m'avoir vu scruter l'endroit pendant des heures, ils avaient décidé de me surveiller de plus près. Puis il y a eu l'incident de ce regard échangé, qui a rendu le contact inévitable.

Nous nous comprenons, eux et moi. La langue qu'on parle ici est bien le français, mais un français fleuri d'expressions nouvelles, et dont l'accent a quelque chose d'à la fois chantant et calme. Ou apaisé, plutôt. Comme si la course folle du monde avait cessé d'y bruire.

Vais-je repartir ? Remonter sur la BM alors que je ressens, plus que jamais dans ma vie, le sentiment d'être arrivé à destination? J'y pense. Je pense à cette vie tout à fait habitable que je me suis créée ces dernières années, je pense à Érica, à notre histoire en pointillés mais faite d'amour vrai. En mon for intérieur, cependant, je me sais capable de tout quitter quand un nouvel horizon s'ouvre à moi, je l'ai déjà fait, et si on veut bien de moi ici je resterai, parmi les fantômes bien vivants de cette ville fantôme.

Les questions ne s'éteindront jamais tout à fait. Elles laisseront dans ma tête une traînée belle et inquiétante, comme cette Voie lactée qui chaque nuit depuis mon arrivée coupe le ciel en deux. Pour l'heure, une seule conviction : c'est ici que menait l'accident qu'est ma vie.

4

D'où me vient ma fascination pour ce territoire? Une province dans laquelle on pourrait faire entrer l'Irlande du Nord plus de cent fois, un immense bouclier de granit qui descend du nord jusqu'à la large vallée du Saint-Laurent, et encore jusqu'à la chaîne des Appalaches, plus bas, ouverte comme une mâchoire.

J'effleure de mon doigt cette grande voie d'eau. Je me dis que la partie qui s'étend au nord du Saint-Laurent ressemble à une grosse tête de rhinocéros. Le fleuve lui-même en est la bouche, puis une gorge qui se rétrécit jusqu'aux estomacs que sont les Grands Lacs (les rhinocéros ont-ils autant d'estomacs que les vaches?), dans le vaste organisme du continent, où ont été ingérés des siècles d'hommes et de femmes venus d'Europe. Mon doigt s'immobilise là. Voilà la porte d'entrée.

On dit que ceux qui quittent la mère patrie finissent par prendre les traits de leur pays d'accueil, mais un homme peut-il vraiment appartenir à un autre endroit? Si je pars, vais-je vraiment changer? J'ai passé ma vie à me faire complice de notre lutte, à souffrir pour elle.

Jusque dans les détails de la vie de tous les jours, la continuation de cette lutte est devenue la chose la plus importante à mes yeux.

Je fais depuis longtemps ce rêve éveillé, qui ne doit pas être bien éloigné de celui qui animait les premiers colons à se sentir appelés vers l'Amérique du Nord – Anglais puritains, ou encore Bretons et Normands pauvres portés par le goût de l'aventure –, le rêve de ceux qui ont causé trop de soucis autour d'eux pour rester à la maison. Quand on part ainsi vers l'inconnu, c'est qu'on ne cadre plus dans le monde où on est né. Pas seulement en raison des politiques qui y sont en vigueur, mais aussi de tout ce qui fait de soi quelqu'un qui fait mal tourner les choses : l'impatience, l'impression dévorante qu'il doit y avoir mieux, plus, que la vie pourrait être meilleure, plus vaste, plus exaltante.

Où est-elle ? Elle devrait être rentrée, à cette heure. A-t-elle vraiment mis un terme à notre histoire ? J'ai déjà déconné, pourtant. À vrai dire non, pas à ce point. Elle a raison. Si je m'étais fait prendre, ils en auraient fait une criminelle, elle aussi. Ils auraient creusé, creusé, creusé, jusqu'à prouver qu'elle savait tout, depuis le début.

Michel O'Toole n'existe pas

Perrine Leblanc

Michel O'Toole est une fiction. Il a pris dans la « mort » la place de l'ami irlandais qui m'a fait découvrir le pays de mes grand-mères. « Mort » est un mot encadré de guillemets, comme le nom que cet ami avait choisi de porter pour renaître au Québec en 2002.

En Irlande du Nord, des gens dont je ne peux pas révéler l'identité pour des raisons évidentes m'ont dit qu'il portait en réalité le même nom de famille que ma grand-mère paternelle, Doyle. Son patronyme au long : Ó Doyle. Entre la famille de ma grand-mère Doyle et la sienne, il y a un océan, deux cents ans, la famine, des guerres, puis un O accent aigu qui signe l'origine et trahit l'appartenance au pays interrompu, l'Irlande privée de six comtés : Antrim, Armagh, Down, Fermanagh, Derry, Tyrone. Mon ami ne portait pas le prénom de Michel, selon l'orthographe française, ni celui, très anglais, de Michael ; il s'appelait Micheál. L'Irlande dans le nom, la distinction dans l'accent et l'inversion des voyelles. Micheál Ó Doyle de Belfast. Voilà ce que j'ai appris en juin dans la capitale historique de l'Irlande du Nord.

Avec Michel, on ne savait jamais trop à quoi s'attendre, on pouvait tout imaginer. Il racontait beaucoup d'histoires, des histoires et des bouts de l'Histoire, mais de lui, on savait peu de choses. C'était un phénix, comme le mouvement républicain irlandais dont le symbole, l'animal totem, est cet oiseau vaguement nietzschéen, bête légendaire qui renaît de ses cendres. Je ne serais même pas surprise d'apprendre qu'il n'est pas mort, pas vraiment mort, qu'il a simplement rempli une tâche et qu'il va nous revenir en forme dans un an. Il dirait: «Mission accomplie, petite», puis il sourirait en montrant ses dents gâtées. Je demanderais: «Quelle mission?», et il esquisserait un sourire asymétrique charmant, de voyou qui s'est fait péter la gueule et dont la cicatrice qui lui barre la lèvre supérieure est l'annonce d'une bonne histoire. Il pourrait tout aussi bien nous revenir sain, sauf, en chair et en os, grand garçon dans la force de l'âge, mais pour être franche, j'en doute. Il a disparu, voilà tout, voilà ce dont je suis certaine. *Disparaître* et *mourir* sont deux verbes distincts, mais les morceaux de puzzle que j'ai pu réunir au printemps ont mis des couleurs dans un récit sombre. Comme si une main plus ou moins sûre venait de tracer une image qui était, jusque tout récemment, un dessin en pointillé.

Je suis née le 8 avril 1981 à Montréal. Le même jour, sur une île, entre l'océan Atlantique et la mer d'Irlande, dans un quartier de Belfast qu'un membre de la famille royale britannique n'aurait pas fréquenté, Micheál fêtait l'anniversaire de sa petite amie. Il avait dix-neuf ans. Fiona aurait dix-neuf ans au petit matin. Fiona, c'était une Hannaway. Les Hannaway de Belfast avaient bonne réputation dans les cercles républicains, auprès des nationalistes pour qui l'Irlande devrait être une république de trente-deux comtés, sans Couronne ni politique sectaire érigée comme un mur devant les catholiques du pays, ces « nègres » roux d'Europe de l'Ouest, *the red niggers*.

Mon Irlandais préféré était beau, il avait une gueule. Il avait les yeux pers, donc bleus quand il portait du vert, les cheveux entre deux couleurs, la mâchoire bien carrée, des épaules de fils de fermier et une dentition de *bad boy* à qui il manque un bout d'incisive. Fiona Hannaway et Micheál Ó Doyle se sont fréquentés de septembre 1980 à avril 1981. Micheál était grand, mais on m'a dit que Fiona le dépassait d'une demi-tête quand elle mettait des talons. Il a toujours eu le regard humide du *bad boy* qui aime les femmes, un mélancolique tatoué, mais en 1981, il était le jeune homme de Fiona Hannaway.

1981
Belfast, comté d'Antrim, Irlande du Nord
Ils avaient bu des bières chez Padraig Ó Connor. Micheál et Fiona marchaient bras dessus, bras dessous sur Springfield Road, près de la ligne de partage des quartiers catholique et protestant. Il avait plu. Il vient souvent de pleuvoir à Belfast. En Irlande, la pluie est un petit crachat de Dieu qui se rappelle aux fidèles.

Ou une chanson. On ne sait pas trop quelle main de maestro l'a composée, cette chanson, mais on remercie l'artiste pour le vert franc que la pluie fait naître après coup.

Un type est sorti de la nuit. Il s'est planté en travers du chemin, a tiré une arme de la poche poitrine intérieure de son blouson de cuir et l'a pointée vers eux. Il avait bu. C'était pas un catholique. C'était pas un ami. La porte d'une maison s'est refermée derrière un corps nerveux. Une autre s'est ouverte dans la foulée, puis une dame a sorti la tête et les a apostrophés d'une voix forte: «*Go home, boys.*» Puis, s'adressant à Fiona: «*You shouldn't play around with boys. Who's your ma?*» «*My ma is dead*», a répondu le jeune homme armé, comme si la femme s'était adressée à lui. «*My ma is fucking dead*», a répété l'homme qui pointait toujours son arme, un Browning, sur le jeune couple abîmé par l'alcool. La dame a reconnu la voix de l'homme armé. Elle a ouvert la porte du muret et s'est dirigée vers lui. Elle a avancé la main, elle n'avait pas peur du garçon. Elle a posé sa main sur le bras tendu. C'était un garçon, un très jeune homme. Il a baissé son arme en inspirant fort. La dame l'a pris par le coude et, comme une mère qui en a vu d'autres, l'a raccompagné chez le paternel. C'était Sean Fox, le petit Sean Fox devenu jeune homme armé, balle de chair perdue dans la guérilla sur l'échiquier de sa ville natale. Sa mère était morte avant Noël en traversant la rue, happée par une voiture. Un accident. Rien à voir avec ce conflit plus grand qu'eux, manteau ample qui n'avait rien d'une cape d'invisibilité.

Il y avait encore quelques gars au Pub T de Falls Road. Deux piliers et deux gars dont tout le monde savait qu'ils étaient des combattants. Les gens de qui je tiens l'histoire de Michel m'ont dit qu'ils s'appelaient Peter et Colm, et qu'ils faisaient la sale besogne pour le bataillon républicain du coin. Ils emboutissaient des genoux ennemis et interrogeaient des types douteux, des gars qui n'avaient rien à perdre sauf la vie.

À minuit trente, le 8 avril 1981, tandis que ma mère me mettait au monde à Montréal, un cocktail Molotov a été lancé dans le Pub T de Belfast-Ouest, secteur catholique. La main qui a lancé la bombe d'essence n'avait jamais pris une hostie et ne priait pas la Sainte Vierge. Je ne sais rien de la vie de cet homme, mais je sais qu'il est mort déchiqueté : sa famille n'a pas pu enterrer grand-chose. Micheál, lui, avait pissé sur un arbre entre deux immeubles. Pisser sur un arbre à minuit trente l'a sauvé de la mort, cette nuit-là. Fiona était aux toilettes, au fond du pub. Elle n'a jamais eu dix-neuf ans. Elle repose au cimetière de Milltown depuis trente-quatre ans.

Micheál s'est enrôlé dans l'Armée républicaine irlandaise l'année suivante, en 1982. Il est devenu un combattant de l'IRA provisoire et a fait partie de l'organisation jusqu'aux accords du Vendredi saint 1998 qui ont mené à la fin du conflit armé en Irlande du Nord, à une sorte de paix. C'est son secret, c'était son secret. S'il était sorti officiellement du placard en Irlande, et même au Québec, le Canada lui aurait fermé la porte au nez, l'Irlande scindée en deux l'aurait gardé à la maison. L'appartenance de Micheál Ó Doyle à l'IRA provisoire était le secret de Michel O'Toole.

Un jour, il a changé de t-shirt devant moi et j'ai vu sur son biceps droit un tatouage à l'encre bleue. Je lui ai demandé ce que représentait le dessin. Il a répondu : « Un oiseau et la lettre F. » Le secret avait été dessiné sur son corps ; un pont de couleur et de chair entre deux pays, deux histoires, deux identités.

Je ne suis pas tombée des nues en apprenant que Michel avait été membre de l'IRA. Ça lui va bien. Ça donne à son incisive ébréchée et à son regard changeant une dimension politique. Sa disparition le vendredi 15 mai 2015 sur la route 389, entre Baie-Comeau et Manic-5, plus déroutante, ne serait pas étrangère à son combat pour les droits civiques dans son pays d'origine. Et la clé du récit de sa disparition est peut-être logée dans un coin de la mémoire d'Armagh et de Castlereagh.

1988
Armagh, comté d'Armagh, Irlande du Nord
L'ordre avait été donné aux habitants d'un village dans le sud du comté d'Armagh, réputé territoire « provo » (ou IRA) et surnommé par l'autre camp « *the Bandit Country* », de ne pas nourrir, de ne pas servir les soldats

britanniques qui montaient la garde. Ils représentaient, selon les républicains, une force d'occupation en Irlande. Il arrivait que des patrouilles paramilitaires protestantes se chargent d'une exécution sommaire, d'un enlèvement qui ressemblait à une condamnation à mort à la suite d'un interrogatoire musclé, mais dans le sud du comté, afficher sa foi protestante, son sectarisme orangiste ou son patriotisme *brit*, c'était jouer avec le feu de la mort et de l'enfer. Elles circulaient donc sur le territoire ennemi comme des fantômes de soldats. Ce jour-là, de septembre 1988, Micheál fomentait avec une cellule basée à Armagh l'attaque d'une entreprise tenue par un propriétaire soupçonné d'appartenir à l'Ulster Defence Association (UDA). Rien à voir avec l'Union des artistes… C'est un groupe paramilitaire protestant loyaliste déclaré illégal en 1992 et placé sur la liste des organisations terroristes de plusieurs pays, dont le Canada. Dans les années 1980, tu ne voulais pas les avoir sur le dos.

Entre le pub et la baraque qui tenait lieu de quartier général aux membres de la cellule, alors qu'il traversait la seule route asphaltée du village, Micheál a été interpellé. Il n'était pas ivre. Il avait bu une bière bien dense, mais il n'était pas ivre. Il portait un sac à dos de toile noire. C'est ce sac sombre qui inquiétait le binôme de soldats britanniques dressé derrière lui. Micheál savait qu'on le tenait en joue. Les muscles de son dos avaient frémi, les poils de ses avant-bras s'étaient hérissés. Il ne croyait pas en Dieu, mais pour être du bon bord dans la lutte qui était celle de son peuple, il faisait comme s'il y croyait. Il ne croyait qu'à la vie et à la mort. Les pôles de l'existence. Le début et la fin du voyage sur cette Terre de merde. Une voix de mâle alpha lui a intimé l'ordre de déposer son sac et de lever les mains vers le ciel, qui aurait pu être creux pour l'homme à qui appartenait la voix, mais on ne le saura jamais. Micheál s'est exécuté. Il n'était pas armé. Le militaire braquait toujours son arme sur lui. Son collègue s'est approché, il a fouillé le sac : un livre, un portefeuille, une gourde, un jeu de clés, un carnet qui ne contenait que des listes d'achats et une adresse (il a arraché la page sur laquelle elle avait été gribouillée). Rien. Aucun danger. Ils l'ont quand même emmené.

1988
Prison de Castlereagh, Belfast, comté d'Antrim,
Irlande du Nord
Ils l'ont conduit à Castlereagh, puis l'ont livré aux policiers. Castlereagh, c'était le cauchemar des combattants de l'IRA. La prison où les plus faibles, ceux qui n'avaient pas suivi les conseils listés dans le *green book*, cette bible du combattant de l'IRA provisoire, craquaient pendant les interrogatoires et balançaient leurs frères d'armes. Après leur libération, s'ils avaient mouchardé, ils étaient exécutés par l'IRA.

L'interrogatoire a été musclé. Micheál s'est pris une balle dans le genou droit. Une blessure de guerre qui l'a fait boitiller jusqu'à nous et qui lui a laissé une marque rose boursouflée près de la rotule. Il n'a pas mouchardé à Castlereagh. Il a fait pire. Il a fait pire parce que son père avait été identifié par les Renseignements britanniques. «*Your fa is an IRA Volonteer, we can prove it.*» Et ils lui ont montré une photo de son père, mal entouré et kalachnikov à la main. Appartenance à l'IRA et possession d'armes. Entre la prison pour son père (cela aurait tué sa mère) et collaborer avec l'ennemi, Micheál a choisi la trahison, comme plusieurs. Il n'est pas le seul à avoir craqué royalement sous les coups. En septembre 1988, il est devenu informateur pour les Britanniques. Combattant de l'IRA pour ses proches et ses collègues, belle plume en formation qui s'exerçait dans les médias de la région, taupe pour les Britanniques. Il «informera» pendant dix ans.

Les Britanniques l'auraient protégé jusqu'en 2012. Ils lui auraient même fabriqué une nouvelle identité, un passeport tout neuf avec un nom tout neuf imaginé par lui et une vie toute belle et nouvelle au Canada. En 2002, Micheál a choisi le Québec. Il savait que le Québec était de culture catholique. Des frères, des cousins d'Amérique. Son français était acceptable. Il cherchait une Irlande ailleurs, hors de l'île. Il cherchait surtout la paix. Il l'a trouvée parmi nous, il a été de cette paix durant treize automnes, treize hivers, douze printemps et douze étés. Il a aimé, je peux vous l'assurer, ce pays de «sucre et d'eau d'érable». Il l'a parcouru sur sa moto, il l'a mitraillé avec son appareil photo, il l'a décrit avec amour dans ses articles. Il l'a épousé.

Il y avait toujours, dans son français coloré, une pointe d'accent qui me rappelait celui de ma grand-mère maternelle. Micheál se sentait très irlandais et très québécois. Il était bien, ici. Il était persuadé d'avoir trouvé un chez-soi tranquille.

2015
Route 389, entre Baie-Comeau et Manic-5, Québec
L'IRA a enterré les armes en 2005. Elle a mis fin à son combat armé en Irlande du Nord. Elle a eu la bonne idée de remplacer les kalachnikovs par les discours politiques et la diplomatie. Certains combattants ont refusé ce dénouement historique. Des factions de dissidents sont notamment parties à la chasse au mouchard sur le vaste territoire de guerre qu'est notre monde. Le nom de Micheál Ó Doyle a été inscrit sur une liste…

Michel O'Toole n'est pas mort. Michel O'Toole n'a pas été assassiné. Michel O'Toole n'existe pas. Le 15 mai 2015, Micheál Ó Doyle a disparu. On a refusé de me faire le récit détaillé de ce qui s'est réellement passé le 15 mai. On m'a dit que la moto a été détruite dans un champ. On m'a dit : « *He vanished.* » Ils n'ont pas dit « mort », ni « tué » ni « exécuté ». Personne n'a revendiqué son exécution. Ils ont dit, à moi qui étais bien plus que son amie : « Il a disparu. »

Je ne connais pas la vérité, celle qui apaise et met fin à la tempête. Je n'ai, pour tout épilogue, qu'une phrase prononcée par un ami qui m'est cher et qui l'a connu et aimé comme un frère : « Le corps de Micheál *a été rendu à la mer.* » Pour me consoler de sa disparition, de son absence qui n'aura probablement pas de fin, j'ai choisi d'entendre le mot *mère*.

5

Je gis sous des kilomètres de glace, et tandis que cette force démesurée passe sur mon visage, je me dis qu'un siècle, ça doit ressembler à ça. Le glacier broie mon corps et l'enfonce dans le sol, fait peler la peau sur la chair de mon crâne.

J'ouvre les yeux, je m'attends à voir l'éclat bleu de la glace vive, mais mon regard ne rencontre que le plafond, la lumière des phares balayant le plâtre défraîchi. Allongé sur le divan, épuisé, je laisse la brise nordique glisser sur ma peau.

Elle n'est toujours pas là. Je dois prendre une décision.

La température est tonique, une fraîcheur d'été qui nettoie ces quelques pièces, débarrasse les meubles des papiers qui y traînaient encore. Je me lève sur mes jambes endolories, éteins la lumière dans l'angle du mur et m'imprègne de l'éclat bleu foncé des lampadaires dans les rideaux gonflés. Elle me manque.

Quel homme serais-je dans un autre pays? Dans un endroit qui connaît de vrais hivers, de vrais étés? Est-ce que le caractère des gens reflète les extrêmes du climat, là-bas, comme le climat d'ici a fait de nous des êtres qui refusent les changements rapides ? Il y avait pourtant de la douceur, ici – elle, en fait. Que vais-je devenir sans elle ?

Un frisson court sur mon échine, mes yeux chauffent avant même que j'assimile l'émotion qui m'envahit. Se pourrait-il qu'elle les ait mis sur ma piste ? Je ne peux pas y croire. Paradoxalement, je voudrais me convaincre qu'elle a enfin été raisonnable et qu'elle a admis avoir trop vite lié sa vie à celle d'un homme déraisonnable. Je me dis que, pour une fois, elle a joint le geste à la parole et s'est barrée pour vrai. Je me dis que je parle de quitter Belfast depuis si longtemps qu'elle a soudain pris conscience d'aimer un homme qui était déjà ailleurs.

Et si jamais elle a passé cet appel téléphonique, peut-être l'a-t-elle fait pour que je n'aie plus le choix de partir. Elle connaît mon projet, elle sait à quel point il m'habite. Quand on aime quelqu'un comme elle m'a, je crois, aimé, on ne doute pas de sa capacité à aller de l'avant, même si ça veut dire échapper au piège qu'on a contribué à lui tendre.

Non, j'invente des choses à son sujet. Peut-être pour mieux accepter qu'elle ne reviendra pas. Ou pour atténuer mes remords, affronter mes démons. C'est comme ça, je le sais bien, qu'un lâche envisage ses échecs et arpente ses ruines.

Entre ciel et cratère

Mathieu Laliberté

> Ce n'était pas un lac. C'était un œil.
> PHILIP K. DICK

Ce qui suit se base sur les fragments d'informations que j'ai pu recueillir à la suite de la disparition de mon ami Michel O'Toole. Je ne garantis donc rien quant à la cohérence ou à la crédibilité des événements relatés, et tout ce qui pourrait être retenu contre moi, c'est peut-être le rôle que j'y ai joué. Mais n'anticipons rien, et commençons par le commencement.

16 mai, route 389, kilomètre 343
Frank «FM» McKenzie s'apprête à négocier une courbe particulièrement prononcée quand le moteur de son camion cale, la radio s'éteint et la servodirection flanche. Il sent, à travers les vibrations du volant, les pneus mordre le gravier du bas-côté. Il freine à fond. Il jure n'importe quoi sur la tombe de ses ancêtres. Rien n'y fait, rien ne change rien.

Comme au ralenti, l'Innu voit monter une mer d'épinettes noires à travers le pare-brise constellé de cadavres d'insectes. Les voyants du tableau de bord clignoter. Au-dessus du camion, le ciel crépusculaire virer à l'indigo. FM sue les cendres de sa vie. Il contre-braque, mais le train avant de son Mack dérape dans la boue du fossé. Ses mains se crispent sur le volant, ses jointures blanchissent. Après une ultime secousse, le camion plonge vers l'avant, puis s'immobilise, une roue tournant dans le vide.

En vieux routier, FM se remet vite de ses émotions. Il replace sa casquette des Blackhawks. Détache sa ceinture. Se frotte la mâchoire. Curieusement, il a mal aux dents. Ses plombages vibrent et sa tête bourdonne. À sa gauche, un rocher en forme de hibou se moque de lui. La nuit tombe, lentement mais sûrement. Des étoiles commencent à briller dans le ciel comme des neurones dans un cerveau. L'homme en tenue de motard qui s'était étendu sur la couchette arrière se lève, les yeux sombres, le regard fixe.

À ce moment, la radio se rallume et des voix métalliques se font entendre par-delà un bruit blanc. L'homme, un sac à dos sur l'épaule, sort du camion de FM, laissant la portière du côté passager ouverte. Il traverse le fossé en boitant légèrement. S'enfonce dans la forêt, au-delà, bien au-delà du rocher en forme de hibou.

31 mai, Motel du Rosier, Baie-Comeau
Je prendrai la route dans quelques minutes, tout de suite après mon frugal déjeuner constitué de céréales et de bleuets fraîchement décongelés. À travers la

baie vitrée du restaurant, j'observe ma monture, une vieille BMW F 650 GS qui attend dans le stationnement, patiemment, comme un mustang devant son abreuvoir.

Je me lève, enfile ma veste de cuir noir, franchis la porte en saluant le réceptionniste à moitié éveillé et aux trois quarts gai, la semelle de mes bottes claquant sur le carrelage usé du hall. Je m'assure que mes valises d'aluminium sont bien fixées. Attache mon casque. Rabats ma visière teintée. Enfourche ma bécane, qui démarre du premier coup.

Dans les virages sinueux de la 389, je frôle la ligne jaune, je m'incline juste ce qu'il faut, en équilibre sur l'apex. Je suis sur la piste de mon père spirituel, mon mentor, Michel O'Toole, et je file à toute allure même si je ne sais pas exactement où je vais, même si la poussière que soulèvent les semi-remorques que je double m'aveugle partiellement. La veille, la douce moitié de Michel, Érica, m'a appelé alors que j'étais sur le point de quitter la salle de rédaction des *Nouvelles du Nord*. En voyant le numéro s'afficher sur l'écran de mon téléphone intelligent, j'ai rebroussé chemin vers mon petit bureau et refermé la porte du talon.

— Mathieu ? Je ne te dérange pas ? C'est Érica…
— Érica ? Fait longtemps ! Ça va ? Michel va bien ?

J'étais inquiet. Michel ne m'avait pas donné de nouvelles depuis presque six mois, malgré mes nombreux messages textes et courriels, et jamais, depuis toutes ces années, Érica ne m'avait appelé, même si elle et moi nous entendions très bien. Trop bien peut-être, pour qu'elle se permette de me contacter directement, si ce n'était parce qu'il était arrivé quelque chose à Michel. Quelque chose de grave.

— C'est justement pour ça que je t'appelle. Michel a… disparu.

— Quoi ? Comment ça ? Il t'a quittée ?

— Non. En tout cas, je ne pense pas…

— Il est où alors ?

— Je ne sais pas ! C'est pour ça que je t'appelle…

Elle m'a alors raconté que Michel était parti voilà deux semaines pour un reportage qu'il avait vendu à *L'actualité*, à propos de la route 389. Après avoir envoyé le compte rendu de sa première journée à la rédactrice en chef adjointe et un petit courriel à Érica, Michel n'avait plus donné signe de vie. Deux jours plus tard, la direction du magazine avisait la SQ.

Une semaine avait passé, puis une photo de Michel O'Toole était apparue sur la page du site Internet de la SQ consacrée aux personnes disparues. Depuis, Érica était sans nouvelles.

— J'aimerais que tu partes à sa recherche. Je sais que c'est beaucoup demander, compte tenu de ta vie de famille, mais…

— Ne t'inquiète pas, ma belle-mère est à la maison pour quelques jours et s'occupera de mes filles.

— Alors tu iras ?

— Bien sûr que j'irai. Ça va de soi, Érica. Michel était comme un père pour moi. Et ma moto a bien besoin de se décrasser les tuyaux. J'en parle à ma femme, je prépare quelques affaires et je serai chez vous demain en début d'après-midi, OK ?

— OK. Merci, Mathieu.

Quand elle a prononcé mon nom, un goût de mûres sauvages a envahi mon nez et ma bouche. Chassé aussitôt par celui du tabac : je venais de m'allumer un cigarillo et de me laisser tomber sur ma chaise pivotante un peu pourrie, comme mon âme (si une telle chose existe).

*

Quand je suis arrivé chez Érica, l'ombre des souvenirs de ma dernière visite a voulu resurgir, mais je l'ai gardée enfouie dans la caverne de mon crâne. Érica, même les traits tirés et rongée par l'angoisse, même à l'aube de la cinquantaine, était superbe. Son regard, profond comme la voûte étoilée d'une nuit d'été. Sa chevelure, un mélange de fil de fer et d'aile de corbeau. Elle m'a offert une tasse de thé vert, que j'ai acceptée, puis je me suis assis à la table de la cuisine, table que Michel, menuisier à ses heures, avait faite de ses mains pour sa belle universitaire.

— Pourquoi la 389, Érica ? Son trip sur la Transtaïga ne lui avait pas suffi ?

— Ça a l'air que non. En fait, depuis son retour de la Baie-James, il était bizarre ; il dormait tout le temps, et quand il était éveillé, quatre ou cinq heures par jour maximum, il était comme obsédé par l'avenir de l'humanité et ce qu'il appelait la Synergie de l'énergie. *(Gorgée de thé, sourcils froncés.)* Il me parlait du NOM, le Nouvel Ordre mondial, et du *statu quo* énergétique qu'il imposait aux gouvernements. Il me parlait d'un complot obscur, aux ramifications internationales, qui, au détriment de la planète et de toutes les espèces qui la peuplent, promouvait l'utilisation effrénée des combustibles fossiles. Il disait que la solution au réchauffement climatique passait soit par un retour à l'âge de pierre, soit par l'utilisation massive de l'hydroélectricité et ensuite, dès que possible, par la fusion froide, forme élémentaire d'énergie libre, la même qui alimente le cœur des étoiles. Je ne le reconnaissais plus, lui qui avait toujours été si logique, si rationnel. *(Gorgée de thé, sourcils levés.)* Il s'emportait, il s'exaltait, et il disait que l'humanité, si elle continuait comme ça, courait à sa perte. Il disait que nous vivions dans un paradis perdu, perdu par nous. *(Gorgée de thé, regard en coin.)* Il me parlait aussi, comme si tout était lié, des créatures du petit peuple qu'il avait fréquentées dans son enfance, à l'orphelinat près de Belfast, et qu'il avait oubliées, jusqu'à tout récemment, puis il sautait du coq à l'âne en me chuchotant des trucs absurdes à propos de l'ingénieur-chef d'Hydro-Québec, René Levasseur, et du premier ministre Daniel Johnson, tous deux morts de crise cardiaque quelques heures avant l'inauguration de Manic-5. *(Autre gorgée de thé, les yeux fermés cette fois.)* Il disait que les causes en apparence naturelles de leur décès cachaient quelque chose d'autre...

— Quelque chose d'autre? Comme quoi? Des assassinats? Des assassinats politiques? Il pensait que leur mort avait été commandée par un consortium pétrolier?

— Je ne sais pas, vraiment. Il éludait toutes mes questions, ou presque. Puis il repartait la machine et il me parlait du cratère de l'Œil du Québec, qui est apparu après la mise en fonction du barrage, comme d'un portail vers un autre monde. *(Elle relève la tête, me regarde sans me voir.)* Je ne savais plus quoi penser, Mathieu, je ne savais pas quoi lui dire... pour le ramener sur terre.

— Je comprends... *(Mais en fait je ne comprenais rien, rien à rien, j'étais juste stupéfait. Et pourtant, le pire restait à venir.)*

— Mais ce n'est pas tout. *(Un sanglot la secoue.)* Il m'a parlé ensuite d'une civilisation extraterrestre... les Gris... qui l'avaient «contacté», à plusieurs reprises, pour qu'il accomplisse un genre de mission spéciale en leur nom. *(Elle soupire profondément, son cœur se calme comme à l'aube les eaux d'un lac, et moi je la trouve incroyable, incroyablement belle.)* C'est fou, non? *(Je ne réponds rien, je me sens stupide; je la regarde, elle prend une autre gorgée puis continue.)* Cela dit, le jour avant son départ, il semblait vraiment perplexe, et quand je l'ai questionné, il m'a avoué qu'il avait besoin d'informations supplémentaires, qu'il n'était certain ni du bien-fondé de sa mission ni d'avoir bien compris ce qu'il devait faire... *(Sa tasse est vide, ses yeux pleins d'eau.)* Je voulais qu'il consulte un psy, du moins quelqu'un d'autre que son hypnothérapeute. Je voulais qu'il t'appelle, qu'il te voie, mais il refusait de m'écouter, il ne faisait que parler, dormir... et fuir la réalité. *(Elle me fixe.)* Il refusait même que je le touche ou qu'on dorme dans le même lit. Il disait que c'était moins risqué ainsi, que c'était mieux pour moi... qu'il ne voulait pas me mêler à tout ça. *(Une pause.)* Je n'aurais jamais dû le laisser partir.

Estomaqué, et profondément troublé, je l'ai prise dans mes bras en lui disant que tout irait bien, que je retrouverais Michel ; un paquet de conneries bien intentionnées, mais un paquet de conneries quand même. Même si... je l'ai bel et bien retrouvé.

*

31 mai, Relais Gabriel, route 389
Dans sa chambre du Motel du Rosier où j'ai passé la nuit, mes fouilles se sont révélées infructueuses. Mais dans celle du Relais Gabriel, qu'il a prise sous le nom de Colin Wilson et payée comptant, un double vieux truc de roman d'espionnage qu'il m'a appris un soir de whisky, rapidement je découvre son carnet de notes scotché derrière une grille de ventilation. Je m'installe avec une bouteille de bourbon pas cher à portée de la main, prêt à en déchiffrer les pages. Mais l'exercice se

transformera vite en une plongée en apnée dans les ruines sous-marines d'un labyrinthe que je croyais pourtant bien connaître...

Je me souviens des six cent soixante-six kilomètres de la Transtaïga. Je me souviens du temps manquant et du ciel aveuglant. Je me souviens de ce que j'y ai vu, en sortant de ma tente, la seconde nuit, dans les nuages en mouvement. Ce n'étaient pas des aurores boréales; ce n'était pas une formation de F-18; c'était quelque chose d'autre. Quelque chose de nouveau. Et dans la marge, au crayon à mine: *Ou quelque chose de plus vieux que le monde, tel qu'on le connaît.*

Plus loin:

Je fais le même rêve depuis mon retour. Je roule de nuit sur une route déserte. À la sortie d'un virage en épingle, deux yeux de hibou me surprennent. Leur éclat jaunâtre m'interpelle au point que j'oublie de contrebraquer ma roue avant qui attaque déjà le virage suivant.

Je reprends mes sens un certain temps plus tard, la tête tournée vers les étoiles, ma moto couchée sur le côté comme un cheval mort. Je me redresse, endolori, mais pas trop. Ma jambe gauche me fait mal et je remarque, sur la face interne de ma cuisse, sous le cuir intact de mon pantalon, une curieuse marque en forme de triangle...

Encore plus loin :

Je pense que je dors. Je pense que je rêve et que je suis en train d'écrire « je pense que je dors ». En fait, je vole au-dessus de la route 389. Des camions lourds défilent sous moi, dans les deux sens, en grondant comme des ours pris de panique. Je m'écarte de la route. Je vois le mont Babel culminer au loin. Je prends de l'altitude et me dirige vers son sommet. Je suis lucide : je fais ce que je veux, des loopings, des vrilles, n'importe quoi. Je me calme. Je survole maintenant un large cours d'eau. Le traverse. Je prends encore plus d'altitude. Je réalise alors que je suis au-dessus d'un profond cratère. Je le reconnais. Il me reconnaît. Puis tout s'obscurcit. Les étoiles s'éteignent une à une. Je me secoue. Mes pupilles se dilatent et je vois grandir le cratère surnommé l'Œil du Québec. Nous nous regardons dans le noir des yeux. Il semble affamé. Je frissonne dans mon sommeil. Dans le ciel, tout autour de moi, les étoiles se mettent à clignoter, avant de se rallumer pour de bon. Je regarde au-dessous de moi le cratère, lieu du crash d'un vaisseau mère des Gris, et je l'écoute, et je crains que la suite du monde ne ressemble que trop à l'extinction massive du Trias-Jurassique.

Sidéré, je me lève, vide mon verre, me gratte la tête, allume un cigarillo. J'ai envie de pisser. J'ai envie de pleurer. Je dois évacuer. J'appelle Érica. Laisse sonner. Friture sur la ligne. Laisse sonner longtemps. Pas de répondeur. Je raccroche. Me rassois. Reprends ma lecture.

Je me réveille dans ma tente, engourdi des oreilles aux orteils, comme si une armée de fourmis électriques avait envahi tous les membres de mon corps. Je n'entends rien mais je m'attends à tout. Mes yeux me font mal. Une lueur bleutée envahit l'espace. Devient lumière. Blanche, aveuglante. Ma tente tremble comme si un sasquatch soufflait dessus en se prenant pour le grand méchant loup ou, pire, pour un wendigo. Je veux bouger, me lever, sortir de mon sac de couchage, mais je suis paralysé. Je sens alors que mon corps s'élève dans les airs, à l'horizontale. Je passe à travers le toit de la tente. Je remonte au-dessus de la cime des arbres, aspiré par un faisceau oblique. Mon cœur se débat comme un rat dans ma cage thoracique. Je ne contrôle plus rien. Ce rêve n'est pas mon rêve. Ce rêve n'est pas un rêve ni même un rêve dans un rêve. Ce n'est pas un cauchemar non plus. C'est pire. Bien pire. Je suis terrifié. Totalement terrifié. Partout autour je vois des étoiles formant des constellations insolites filer à la vitesse de la lumière. J'ai les yeux grands ouverts ou grands fermés, je ne sais plus faire la différence. Le temps passe, puis soudain je me retrouve à l'intérieur d'une espèce d'immense salle en forme d'œuf, au revêtement glacé et métallique. On m'étend sur une table lumineuse. Je suis nu. Je me sens comme un animal domestique en visite chez le vétérinaire. Je ne reconnais pas les odeurs. Je panique. Je suffoque. On m'injecte quelque chose dans le crâne, en passant par mon oreille droite. On prélève mon sperme avec une sonde oblongue. Ça devrait faire mal, mais je ne ressens rien. Tout est paradoxal. Tout est relatif. Mon corps ne m'appartient plus. Mon esprit non plus. Je n'ai plus de repères. (Ce n'est pourtant pas la première fois que ça m'arrive, réalisé-je alors).

On projette maintenant sur une sorte d'écran géant holographique un film de propagande apocalyptique mettant en vedette feux de forêt et pandémies, séismes et tsunamis, marées noires et îles de plastique, catastrophe nucléaire et sécheresse mondiale. On me prévient que la ligne a été franchie, que tout est perdu, qu'il est trop tard pour renverser la vapeur. Une voix ajoute: «Presque trop tard.»

Cinq heures ou cinq minutes après, je ne saurais le dire, des petits êtres grisâtres aux grands yeux noirs, noirs et opaques, resurgissent du plancher et s'activent comme des lutins autour de moi. Avec leurs yeux, ils me parlent. Lentement, ils me recomposent. Je renais. Mais je suis différent. Je suis maintenant leur agent; leur agent double.

J'hallucine; pas vraiment, mais en fait, j'aimerais mieux. Je me frotte les yeux. Je remplis mon verre. Rappelle Érica. Cette fois-ci, avant même la fin de la deuxième sonnerie, elle répond, mais la communication, au début, n'est pas terrible, comme si les satellites ne s'intéressaient pas à ce coin de pays.

— Allô, Érica.

— Michel, c'est toi ?!
— Non, c'est Mathieu.
— Ah. Ça va ?
— Mouais. Écoute, Érica, je... j'ai retrouvé le carnet de Michel.
— Et puis ?
— Ça regarde mal.
— Comment ça ?
— J'ai pas fini de le lire, mais je pense que, comment dire, je pense que Michel était en train de devenir fou. Qu'il souffrait de psychose ou bien... de stress post-traumatique. Je sais pas trop, mais...
— Mais quoi ?
— Mais il n'allait vraiment pas bien. Je sais que tu m'avais prévenu, sauf que... c'est pire que ce que tu pensais.
— Comment ça ?
— Eh bien, si j'en crois son carnet... *(Je tousse, comme si j'avais un chat mort dans la gorge.)* Il croyait qu'il était devenu un... un *fuckin'* extraterrestre. Ou qu'il l'était à moitié, c'est pas clair. *(Je renifle, je l'entends qui respire trop vite.)* Je suis désolé, Érica. Je... je ne sais pas quoi dire d'autre.

Elle se met à pleurer. Moi, à grincer des dents. Entre deux sanglots, elle se ressaisit.

— Tu ne vas pas l'abandonner, hein ? Tu vas retrouver mon Michel, hein, Mathieu ?
— Je vais tout faire pour, Érica. Mais si je le retrouve, je ne sais pas si ce sera le Michel qu'on a connu.

Mon œsophage se noue. Ma voix se brise. Je suis un peu soûl. Je balbutie.

— Moi aussi je l'aime, Érica. Moi aussi je veux le retrouver. Et lui expliquer ce qui s'est passé la dernière fois… entre toi et moi. Lui dire que tout ça, c'était ma faute… lui dire pourquoi…

Je suffoque. Je raccroche. Je vide mon verre, d'un trait. Je grimace dans le vide. J'ai honte. Je rouvre le maudit carnet.

Pour la ixième fois, je me réveille. Et si les Gris, conscients du cataclysme qui nous attend, et que nous façonnons comme malgré nous, comme si c'était plus fort que nous, nous enlevaient afin de prélever des échantillons de notre ADN et ainsi former une sorte d'arche de Noé génétique dans le but de sauver l'homme de l'humanité? Cela n'expliquerait-il pas la grande disparité des «kidnappés de l'espace»? Cela n'expliquerait-il pas (illisible)

Contacté un jour, contacté toujours. Selon le Dr John E. Mack, éminent psychiatre de Harvard qui a traité plus d'une centaine de «kidnappés de l'espace», quand un parent se fait enlever à répétition, ses enfants risquent fort de l'être aussi un jour ou l'autre/sont les prochains sur la liste.

Je repose le carnet. J'inspire. J'expire. Je me ressers un verre. Un double. M'ouvre une autre bière. Pense à appeler ma femme, à lui donner des nouvelles.

Mais elle doit être en train de dormir, après sa longue journée à l'hôpital, et mes filles aussi. Je pense à elles. Je pense à Michel. Je pousse un profond soupir. Je reprends le carnet.

Je crois que les Gris ne viennent pas d'une galaxie lointaine, mais du futur. Mais s'ils viennent d'un futur où l'humanité a échoué à se sauver, comment être certain que servir leur plan changera quoi que ce soit à l'avenir, comment savoir que faire sauter un barrage hydroélectrique pour provoquer un black-out permettra de […]

Les pages suivantes ont été arrachées. Par qui ? Pourquoi ? Je ne peux que spéculer, mais je suis trop troublé. Mon esprit est comme embourbé dans des sables mouvants et bitumineux. Cette nuit-là, dans la chambre qu'a occupée Michel, je dors, sans doute un peu, mais très mal. Les yeux fermés, je cherche à comprendre comment il a pu en arriver là, comment il a pu s'écarter à ce point du sentier du réel. Seul dans ma tête, j'échafaude des hypothèses, je pense à la paralysie du sommeil, je pense que la jalousie peut rendre parano, je pense à me lever et à aller boire de l'eau au robinet, je pense à une explication de nature hypnagogique, je pense… Je dors peut-être, mais je ne rêve pas.

*

1er juin, Relais Gabriel, route 389
Le lendemain, à l'aube, dans la salle à manger du Relais, je parle avec quelques camionneurs sur leur départ. Je leur demande s'ils ont vu, dans les deux ou trois dernières semaines, un journaliste de L'*actualité*, sinon un gars à moto, qui posait des questions bizarres. Plusieurs se détournent de moi comme si j'étais un chien perdu, pour ne pas dire galeux. Deux d'entre eux, cependant, peut-être sensibles à mon regard inquiet, me répondent.

— Va donc jaser avec FM *(Frank McKenzie, apprendrai-je plus tard.)* Ils se sont bien entendus, ces deux-là, pis c'est évidemment le seul à avoir répondu aux questions de ton *chum* journaliste.

— Évidemment? Comment ça?

— Ben, à questions bizarres, réponses bizarres.

— Mais encore…?

— Ben, ces deux-là s'entendaient comme larrons en foire. *(Ils rient de l'expression, très* Soirée du hockey.*)* Sur le balcon du petit chalet que FM louait icitte au Relais, on les a entendus délirer solide pendant toute une soirée. Nous on était sur le party, c'était ma fête pis cré-moi qu'on la fêtait en crisse! *(Une pause, presque nostalgique.)* Comme j't'e dis, on était finis ben raides… On buvait *shooter* par-dessus *shooter*, pis *(les deux se fouillent dans le nez en même temps, inconsciemment, en souvenir de, j'imagine)* quand on allait pisser dehors, on pouvait pas faire autrement que les écouter. Ils se parlaient des lumières qu'ils avaient vues dans le ciel… Ton *chum* dans le coin de la Baie-James, sur la Transtaïga, et McKenzie, ben, sur la 389, juste passé l'Œil.

Je médite un moment ces informations. Je me gratte derrière l'oreille droite. Dernière question :

— Pourquoi vous l'appelez FM ?

Ils rient. Se regardent. Le plus court sur pattes répond :

— Parce qu'il entend des voix à la radio, même quand il est dans la zone avec pas d'ondes.

— La zone zéro, la zone blanche, précise l'autre.

Je m'apprête à les remercier quand une ultime question franchit mes lèvres :

— Personne de la SQ ne vous a interrogés au sujet de mon ami ?

— Oui, oui, l'agent Hudon nous a parlé, mais vous savez, l'agent Hudon, il lui manque quelques morceaux de cerveau depuis ce qui lui est arrivé à l'ancienne base militaire de Moisie[1]…

— … depuis le temps qu'il patrouille la 389, médisent-ils simultanément.

Quelques minutes plus tard, je trouve le fameux McKenzie en train de remplir de diesel les énormes réservoirs de son Mack noir mat. Sans détour, l'Innu me raconte que ce n'était pas par hasard si O'Toole s'était retrouvé au Relais la même nuit que lui, et moi de même aujourd'hui. Il me dit que les coïncidences

---

1. Voir *Au nord du monde*, court-métrage, Voyelles Films, 2014.

n'existent pas, sauf en astrologie, et qu'il ne croit pas à l'astrologie. Je lui demande s'il sait où mon ami pourrait bien être passé. Il me dit qu'O'Toole est parti vers le cratère de l'Œil, chercher des réponses à ses questions interstellaires. Il me fait un clin d'œil. Je lui demande comment me rendre à l'Œil. Il sourit, replace sa casquette des Blackhawks, me fixe un moment qui semble durer une heure, puis me suggère de me rendre au kilomètre 343 et de prendre le petit chemin de terre battue qui va vers l'ouest, derrière le rocher en forme de hibou. Je le remercie de son temps. Il me gratifie d'un sourire édenté, et mystérieux, avant de m'enjoindre à la prudence en ajoutant: «Quand le hibou chante, l'Indien meurt.» Alors que je m'éloigne de lui, et des vapeurs de la pompe à essence, quelque chose de visqueux comme un mollusque précambrien se glisse dans mes veines, glisse ou rampe, je ne sais trop, insérant ses tentacules jusque dans les ventricules de mon cœur.

De par sa formation paramilitaire datant de son passage dans les forces de l'IRA provisoire, je sais que Michel est tout à fait apte à survivre en terrain hostile, qu'il sait se diriger grâce aux constellations ou faire un feu à partir de presque rien. Ce n'est donc pas tant sa virée sauvage qui m'inquiète que la volonté qui se dissimule derrière. Faire sauter au plastic Semtex le barrage de Manic-5 pour plonger une partie de l'Amérique du Nord dans le noir, sincèrement, je ne vois pas trop comment ça pourrait changer le cours de l'histoire ou arrêter le massacre, comme il l'a écrit.

En effet, selon ce que j'ai lu dans son carnet, Michel semble croire que, privé d'électricité pendant suffisamment longtemps, l'homme moderne serait forcé de remettre en question sa manière de vivre, qui mène tout droit à une catastrophe écologique planétaire. Selon moi, la crise du verglas de 1998 prouve plutôt le contraire, mais peut-être n'a-t-elle pas duré assez longtemps… Qui sait?

*

De retour sur la 389, direction Fire Lake, *where the bad folks go when they die*, comme le chantait Kurt Cobain. Je file à vive allure. Le moteur de ma monture gronde comme un carcajou entre mes cuisses. Le ruban d'asphalte neuf sur lequel adhèrent à la perfection les pneus de ma moto se fait de plus en plus sinueux. Je me concentre sur ma conduite, serrant de près la bande jaune qui sépare la route en deux, quand quelque chose se met à briller dans le ciel céruléen, quelque chose de transparent qui semble pourtant réfléchir les rayons du soleil. Je plisse les paupières, puis j'accélère encore, mais avec l'étrange impression de ralentir, de ralentir de plus en plus. Je sens pourtant que le temps presse. Je m'énerve, je sacre en silence, je pousse ma machine au maximum, mais trop, c'est trop, et voilà que je dérape dans une courbe et manque de faire un face-à-face avec un camion monstre. Un geyser d'adrénaline monte jusqu'à mon cortex. Je sue comme un porc qu'on mène à l'abattoir. Je ralentis la cadence.

Me voilà au kilomètre 343. Aucun semi-remorque ni autre véhicule en vue. Un gros rocher en forme de hibou se trouve à ma gauche. Je décélère. J'enclenche la première, traverse le fossé, contourne le rocher. Derrière, un chemin boueux se dirige effectivement vers l'ouest. Droit vers l'Œil, cet immense cratère météoritique que certains scientifiques soupçonnent d'être à l'origine de l'extinction massive survenue il y a deux cent quatorze millions d'années, droit vers le lac Manicouagan et le territoire des ancêtres de FM, là où les épinettes noires et les pins gris sont plus que tricentenaires. Je frissonne, malgré le soleil ardent qui plombe sur mon casque noir.

Je parviens enfin au bout du chemin parsemé de nids-de-poule et de troncs pourris pénibles à éviter. Mon dos et mes genoux me font souffrir. Je descends de ma moto, l'appuie contre un arbre décharné. Un corbeau croasse au loin. Le fond de l'air est frais et scintillant. Devant moi, une clairière. Au centre, une tente Eureka. Je relève ma visière, m'approche. L'herbe autour a l'air roussie. Une odeur d'aiguilles de pin brûlées me monte au nez. J'enlève mon casque. Je vois des pieds qui dépassent de l'ouverture de la tente. Ils bougent un peu. J'entends un bourdonnement bizarre, comme si un essaim d'abeilles gigantesques me tournait autour. Je lève les yeux au ciel, puis tout se détraque : un instant, je fixais l'œil incandescent du soleil, le suivant, celui phosphorescent de la pleine lune. Que s'est-il passé entre-temps? Que se passe-t-il, ici et maintenant? Mes paupières sont lourdes. Je ferme les yeux. Quelque chose me traverse alors l'esprit, mais je n'ai aucune idée de ce que c'est. Je me secoue. M'avance vers Michel. Je le réveille. Ou l'inverse, c'est lui qui m'endort, je ne sais plus. Parce que dès qu'il ouvre les yeux et s'assoit, des choses impossibles sortent de sa bouche :

— Salut, Mathieu. Je t'attendais. Je savais que tu me retrouverais. Ici. Maintenant. C'était notre destin. Tu es orphelin, tout comme moi, Mathieu. Ce n'est pas un hasard. Tu es un enfant des étoiles, tu es double, comme moi, Mathieu. Ce n'est pas une manière de parler. Il y a en toi, comme en moi, un autre. Un autre qui vient d'ailleurs, qui vient de plus tard, et qui est revenu se cacher en nous, comme un germe, un germe d'espoir en un monde meilleur. *(Je ne dis rien, je cligne des yeux.)* Crois-moi ou non, pense que je suis fou ou pas, mort ou vivant, peu importe. Mais sache que moi, je crois en toi. Et que ton petit livre noir, dont je ne savais pas trop quoi penser en le lisant la première fois, maintenant je sais ce qu'il voulait dire et je sais qu'il t'a été soufflé par ton double. Le petit Gris qui dort en toi, qui dort mais qui veille sur toi. Qui dort mais qui rêve. Qui rêve tes rêves et te lève la nuit pour que tu les couches par écrit. Ton double est gris et te suit comme ton ombre, où que tu ailles, quoi que tu fasses.

Il délirait, il délirait complètement. Et moi donc.

*

2 juin, route 389, kilomètre 323
Je suis sur la route du retour. Le corps de Michel se trouve derrière moi, dans le camion réfrigéré de la SQ. Je présume qu'il est mort d'une simple crise cardiaque et qu'un corbeau ou un renard roux a grugé son cadavre et puis c'est tout. L'autopsie le confirmera sans doute. Mais expliquera-t-elle les trois stigmates triangulaires gravés comme au laser sur sa nuque, son bras droit et sa cuisse gauche?

Au détour d'une longue courbe, lorsque surgit le toit orange du Relais Gabriel, d'autres questions viennent me hanter. Mais au moins ce sont des questions auxquelles je pense pouvoir trouver des réponses, si seulement j'arrive à mettre la main sur FM. Je m'arrête au Relais, regarde passer le camion réfrigéré, me stationne derrière le hangar qui fait aussi office de garage. Je pose un pied à terre. Relève ma visière. Observe un moment les allées et venues, et les camions garés. Je constate que le vieux Mack noir de FM est encore là, le capot relevé. J'enlève mon casque et marche vers le camion. Cogne à la portière. J'entends ronfler. Je cogne plus fort. J'entends sacrer dans une langue que je ne connais pas.

— FM? C'est Mathieu.

— Mmmm...

— Je veux te parler. J'ai retrouvé Michel. Pis Michel est mort.

La face cuivrée de l'Innu apparaît par la vitre ouverte de la portière. FM a les yeux noirs comme de l'huile sur fond d'océan rouge sang. Il n'a l'air ni surpris ni au sommet de sa forme. Je lui fais signe de descendre.

— Je te paye un café, OK ? Faut qu'on parle.

FM ne dit rien, se retourne, attrape sa casquette sur le tableau de bord et se la visse sur la tête. Il grommelle quelque chose que je ne comprends pas, puis disparaît un instant dans sa cabine. Je m'impatiente. Une sauterelle se pose sur mon épaule. Je la chasse du revers de la main. Au bout de trente secondes, la porte s'ouvre et FM descend de son perchoir. Je recule d'un pas. Il pue. Il pue la bière, le fort et la pisse. Et quelque chose d'autre. La peur, peut-être.

— De quoi tu veux me parler encore ? Je t'ai déjà dit toute c'que j'savais sur ton *chum*. Pis là je dormais tranquille en attendant que mon *truck* se fasse réparer. Mon alternateur a pété pis ils ont pas le morceau qu'y faut icitte, faque chus comme obligé de…

— M'en crisse de ton alternateur, FM. Je veux savoir où est passée la moto de Michel. Je veux savoir comment son carnet s'est retrouvé dans sa chambre. Je veux savoir où est le plast…

— Bon, OK, ta yeule, paye-moé un café pis j'vas toute te dire.

Je le suis jusqu'au Relais. Commande deux cafés. C'est long. On nous sert. Je paye. Je prends une gorgée. Ce n'est pas vraiment du café. Nous ressortons.

Dehors, le soleil est au zénith, l'azur du ciel zébré de cirrus jusqu'à l'horizon. Arrivé au camion, FM s'assoit sur le marchepied, la tête baissée, les traits dans l'ombre de sa casquette. Il se met à parler. À me raconter comment il a rencontré Michel, par l'entremise d'un site Internet, starborn.com. Il me dit qu'en échangeant sur le forum, ils avaient réalisé qu'ils avaient fait le même genre d'expérience avec les Gris et que c'était vite devenu évident qu'ils avaient besoin l'un de l'autre pour accomplir leur mission, c'est-à-dire orienter l'humanité vers un nouvel âge de pierre afin de sauver la planète. Et comme FM avait ses entrées dans plusieurs mines de la région, il pouvait mettre la main sur des explosifs. Et comme Michel savait comment les manipuler, ils avaient convenu de s'entraider. Leur point de rendez-vous? Ici même, au Relais.

L'idée était de faire disparaître Michel dans la nature et qu'ensuite il installe les charges sur le barrage Daniel-Johnson et la centrale Manic-5. Mais au dernier moment, Michel avait douté de la finalité du plan, et il avait voulu que les Gris lui confirment qu'il agissait pour le bien commun. FM l'avait donc conduit jusqu'au lieu de rencontre habituel, sur la rive du lac Manicouagan, là où l'Œil veillait de jour comme de nuit. La suite de l'histoire, il ne la connaissait pas. Et la moto de Michel, elle était dans la remorque de son camion. Et le carnet, c'est lui qui l'avait caché dans le conduit d'aération, à la demande de Michel. Qui savait que je me mettrais à sa recherche.

FM se tait, lève les yeux vers moi, et moi je lève les miens vers le ciel. Que penser de tout ça? Que faire maintenant? Dénoncer FM? Prendre le plastic et finir la mission de Michel? J'ai mal à la tête. J'ai mal au cœur. Je serre les poings. Je baisse les yeux. Je demande à FM une dernière chose.

— C'est vrai que si un parent a été enlevé, ses enfants risquent de l'être aussi?

— *Tough* à dire, mon gars: depuis le pensionnat, j'ai perdu l'contact avec toute ma famille. Mais j'sais que les petits Gris aiment beaucoup jouer avec les enfants.

Sa réponse me fait craindre le pire. Tout comme la marque triangulaire que j'aperçois à la base de sa nuque. Au final, je ne sais pas ce qui leur est réellement arrivé, à Michel et à lui, je ne sais pas si c'est vrai, tout ça, mais je ne tiens pas à prendre de risques. Mon esprit s'obscurcit. Un trou noir grandit dans mon ventre. Je retourne à ma moto. L'enfourche. Démarre en trombe.

En priant je ne sais qui ou quoi, j'accélère, je fonce à fond, pressé de rentrer chez moi, pressé de serrer mes fillettes dans mes bras, avant que… avant qu'une lumière ne tombe du ciel, directement sur elles, et ne (me) les enlève…

6

Je ferme les yeux. Je suis en sécurité, personne ne m'aura suivi jusqu'ici. Ils n'ont aucune preuve, de toute façon. Elle ne le leur aurait jamais dit. À la rigueur, même si c'était le cas ou que quelqu'un d'autre les avait renseignés, ils ne m'ont pas pris sur le fait. Ils peuvent se pointer, cogner à la porte, je n'aurais même pas à leur offrir le thé pour atténuer les soupçons. Ils n'ont rien contre moi.

Je sais que je devrais rester éveillé, mais avec toute l'adrénaline que j'ai brûlée, l'épuisement s'abat sur moi. Quelque chose me chicote, je devrais rester concentré, pourtant me voilà qui flotte dans le ciel. À travers toute cette glace, en bas, je distingue une surface abîmée, âgée. Le vaste visage minéral du Québec observé depuis l'espace, entaillé de milliers de lacs, pelé jusqu'à la pierre, fendu et troué.

Comme l'ombre des nuages courant sur une prairie, les âges de glace passent les uns après les autres, les glaciers prennent du volume et s'étendent vers le sud en râpant et broyant tout ce qu'ils rencontrent, la terre, la pierre, et je réalise qu'il en est ainsi : rien ne restera caché, tout sera révélé, mis au jour.

Je me réveille subitement et tombe à côté du divan. J'ai compris maintenant. Comment ai-je pu ne pas le voir ? Il y a différentes façons de faire passer un message ; celui qui est traqué se voit parfois concéder un espace, l'équivalent du temps de réflexion alloué au prisonnier avant son exécution.

Il y a des années, un vieil homme impliqué dans notre lutte depuis sa jeunesse m'a parlé d'un gars de sa connaissance qui un jour s'était volatilisé, soi-disant de son propre chef. Ce gars avait franchi une ligne, il était devenu trop visible, trop encombrant. Il devait être éliminé. Mais personne n'aime les cadavres, et les politiciens moins que quiconque. Ils font la manchette, ils brassent des émotions. Le vieil homme m'a appris que parfois, avant de vous mettre le grappin dessus, ils vous laissent un court moment pour décider si l'acte final viendra de leurs mains ou des vôtres.

« Pars et deviens le problème de quelqu'un d'autre », sont-ils en train de me dire. C'est leur façon de faire.

Si je disparais, ils oublieront. Parce que c'est plus facile.

J'entends un bruit dans la rue. Un cliquetis bref, celui que ferait une clé qu'on laisse tomber. Je me lève et vais m'accroupir à la fenêtre. C'est vraiment étrange, me dis-je une fois de plus, de passer sa vie entière à l'intérieur de quelques pâtés de maisons et de ne jamais cesser de courir. Peut-être qu'en traversant l'océan je me délesterais de toute cette course, que j'évacuerais son mouvement. Je dois trouver un endroit où je peux simplement vivre, simplement être.

Qui sait, peut-être vais-je me trouver mêlé à une nouvelle cause, à un nouveau combat ? Peut-être vais-je éprouver un nouveau sentiment d'injustice, et continuer de m'accroupir aux fenêtres, ailleurs comme ici ?

Dans nos actions quelle est la part du lieu, quelle est la part du sang ?

À la douce mémoire
de Michel O'Toole

Daniel Bélanger

— Va chercher deux ou trois pichets d'eau et des verres, chuchote Sylvie à son assistante, Carole, qui sautille aussitôt jusqu'à la cuisine, prisonnière de sa jupe étroite.

Debout, Sylvie adresse maintenant la parole aux artistes présents :

— Alors bonjour tout le monde ! Mon nom est Sylvie Vincent, j'ai été mandatée par la Fondation Michel O'Toole pour assurer la mise en scène du spectacle de financement auquel vous avez été conviés, dit-elle le sourire fendu d'une oreille à l'autre. Il ne manque personne, vous y êtes toutes et tous et c'est formidable, je vous souhaite donc la bienvenue.

L'ambiance est à la jovialité et à la détente, à croire que les gens autour de la table ne bossent pas mais sont plutôt dans une sorte de bulle parascolaire.

— La Fondation est heureuse de s'associer à ce projet de financement afin d'amasser des fonds qui s'ajouteront à d'autres, bien sûr, et qui permettront de donner les premiers tours de manivelle d'un film biographique sur la vie du journaliste Michel O'Toole. Un film réalisé par Gilles Vadeboncoeur, relatant plus particulièrement le voyage d'O'Toole en partance de Baie-Comeau jusqu'à Fermont, un périple dont vous n'êtes plus sans connaître l'issue. Notre ami Zac a composé la magnifique chanson *Michel O'Toole*, que vous vous partagerez lors du bloc musique du spectacle.

Sylvie se fait interrompre :

— J'ai pas reçu la chanson, est-ce qu'on nous l'a envoyée ? Parce que j'étais en vacances et que j'en arrive, la coupe Rosie Béliard, de moins en moins jeune chanteuse, de moins en moins émergente, qui connaît un premier succès modeste avec sa chanson *Tous pareils*.

— Oui, il y a deux semaines Carole l'a envoyée à tout le monde, riposte Sylvie qui regarde Carole, cette dernière hochant la tête.

— Ben moi je l'ai pas reçue, réplique froidement Rosie.

— Alors Carole te l'enverra à nouveau, Rosie.

— Pas *à nouveau*, je l'ai pas reçue ! Carole va me l'envoyer pour la première fois...

— Peu importe, tu vas l'avoir. Donc autour de cette table, on a Zac Villeneuve, Roy Thompson, Manu Tension, Aimée Daoust, Reine Bourdages et Rosie Bédard.

— BÉLIARD ! Rosie BÉLIARD ! corrige sèchement la principale intéressée.

— Excuse-moi Rosie : Béliard, bien sûr... Si vous permettez, enchaîne la metteure en scène, j'aimerais qu'on discute aujourd'hui de la répartition des couplets et des refrains.

À LA DOUCE MÉMOIRE DE MICHEL O'TOOLE

— Je veux un couplet, moi, pas un refrain ! peste Rosie.

Sylvie respire, Zac intervient :

— J'ai fait une première suggestion, c'est interchangeable, bien sûr.

Mais Rosie pense déjà à autre chose :

— Euh, la Michelle en question, est-ce qu'elle l'a entendue, la chanson ?

Exaspéré, Zac regarde Carole qui regarde Sylvie. Cette dernière suggère rapidement d'écouter la pièce et fait circuler des photocopies des paroles.

Michel O'Toole

Paroles et musique : Zac Villeneuve

(Les Éditions de l'Urne)

Un homme se fond dans la nuit
Dévoré par l'ambition
Jusqu'à ses dernières frénésies
Il quête comme un gueux son pardon

Mais en forêt point de salut
Pour qui s'y aventure sans savoir
Qu'on ne peut affronter à mains nues
Les démons qui écrivent notre histoire

Michel O'Toole journaliste
Michel O'Toole mystérieux

LA DISPARITION DE MICHEL O'TOOLE

Michel O'Toole motocycliste
Michel O'Toole lumineux

Sur la route des hérésies
Pour l'âme inquiète qui la sillonne
Point de station, point de répit
Ni de chapelle ni de sainte patronne

Sur la route asphaltée d'étoiles
Menant aux mines de Fermont
L'homme a perdu au combat inégal
De sa téméraire raison

Michel O'Toole journaliste
Michel O'Toole mystérieux
Michel O'Toole motocycliste
Michel O'Toole lumineux

Après la saison des rosées
La saison blanche, puis celle du printemps
Sans nouvelles de l'aventurier
On cessa de l'attendre évidemment

Et on enseignera à l'école
Ce qu'on a su de sa grande finale
Et de ne plus chasser la luciole
Pour l'enfermer dans un bocal

À LA DOUCE MÉMOIRE DE MICHEL O'TOOLE

Michel O'Toole journaliste
Michel O'Toole mystérieux
Michel O'Toole motocycliste
Michel O'Toole lumineux

— Ayoye, c'est donc ben original! lance Rosie. Wow, c'est toi qui as composé ça?

Zac se sent ridicule. Rosie continue :

— Vraiment? Ça me fait penser à *The One*, des Funk Animosity. Ou même *Altanation*, des Dreads. Non? Wow, vraiment original... Ah non, je sais : *Poor Boy*, de Candy Stone! C'est ça! En tout cas : ayoye... C'est-vrai-ment-o-ri-gi-nal.

Le sourire de Zac se décompose muscle par muscle. Sylvie rattrape le moment à la volée :

— C'est vrai que c'est bon, Zac, et moi ça me fait penser à rien. À rien d'autre qu'à Michel O'Toole, je veux dire.

— Est-ce que madame Michelle O'Toole sera présente le soir du gala? demande Roy, fin connaisseur.

— Ben voyons donc, « madame Michelle O'Toole »..., lance Reine, peinant à dissimuler son indignation.

— Madame Michelle O'Toole? Je pensais que c'était un joueur de hockey, lance fort Manu Tension, aussi fort que son odeur de tabac, qui annonce de loin sa dépendance à la cigarette.

Aimée Daoust, quant à elle, a les yeux rivés à son cellulaire.

Sylvie feint de chercher quelque chose dans ses notes qui ressemblerait à une poignée de porte, qu'elle pourrait tourner pour se faufiler dans une autre dimension, hors de ce malaise.

— Bon, qui veut prendre le premier couplet ? Zac suggère Rosie, lance-t-elle en continuant de fouiller.

— Non, je veux le dernier couplet…

— Impossible, c'est Roy qui l'a, tranche Roy, intraitable.

Rosie fulmine. Madame Bourdages, timidement :

— Je peux faire les refrains ?

— Bien sûr, approuve Zac, mais tout le monde les chante ensemble. Toi, Aimée, tu veux quoi ?

De toute évidence, Aimée n'en a que pour son téléphone. Rosie rechigne :

— Moi, on m'avait dit que je pouvais avoir le dernier couplet.

— Il est plus disponible, il est à Roy, répond celui-ci, parlant pour une seconde fois de lui-même à la troisième personne. C'est non négociable.

— Alors je vais prendre le premier, tente Rosie.

— Non, le premier il est à moi puisqu'on est tous dans les refrains, répond madame Bourdages, usant mal d'une autorité dont elle n'a visiblement pas l'habitude.

Les discussions s'étirent sur plus d'une heure, jusqu'à ce que Sylvie tranche :

— Écoutez, on s'en sortira pas de cette façon, alors à la lumière de ce que vous avez exprimé aujourd'hui,

Carole et moi on fera un choix qui devra être le bon parce que deux toutes petites semaines nous séparent du spectacle. C'est tout pour aujourd'hui, merci beaucoup. Prochaine rencontre la semaine prochaine en salle de répétition. Merci !

Les artistes sortent, seules Sylvie et Carole demeurent. Seules avec Aimée, assise, les yeux rivés à son téléphone.

Zac vouait un réel culte à Michel O'Toole, tout le monde le savait et c'était la raison pour laquelle on s'en était remis à lui pour la chanson. Cependant, O'Toole n'entretenait pas la même admiration pour Zac. Il avait en horreur ses chansons « mal écrites, mal chantées ». Il lui préférait de loin l'auteur-compositeur Max Devox, plus vrai, plus rock, plus écorché.

Lors d'une rencontre catastrophique à une quelconque première mondaine, Zac avait encaissé la critique acide de son idole à son endroit. Dans les jours qui avaient suivi ce bien mauvais trois minutes, pourtant, par orgueil ou par douleur, Zac n'avait cessé de relater cet instant magique où il avait « connecté » avec « le plus grand journaliste de sa génération ». Tout son entourage s'en était réjoui pour lui.

Ce qu'il ne racontait pas, c'est qu'au moment où O'Toole lui avait finalement tourné le dos, il avait laissé échapper de son blouson de cuir un objet brillant, que Zac avait tout de suite identifié comme une clé, un double peut-être, une goupille à sa tête. Après l'avoir ramassée, il avait failli courir la rendre à son propriétaire, puis s'était ravisé. Qu'il crève, s'était dit Zac en pensant : « Une œuvre géniale dépasse toujours en génie son créateur. »

Aimée quitte finalement la salle de réunion, les yeux toujours fixés sur son téléphone. Un peu embarrassée mais curieuse de savoir, Carole demande à Sylvie :

— Ça va, tu vas survivre ?
— Bien sûr que oui, c'est pas mon premier gala du genre.
— Non, je veux dire… Tu sais bien…
— Ah, lui ? Oui, je vais m'en sortir. O'Toole a été le dernier des salauds avec moi, mais c'est quand même pas une raison pour tout saboter. La chanson me rend malade, j'avoue, mais je suis une professionnelle, non ? Et puis ton aide m'est précieuse. À quoi servirait qu'on sache la vraie nature des choses ?
— Mais O'Toole t'a fracturé la mâchoire à trois endroits, Sylvie…
— Merde, Carole ! coupe celle-ci, impatiente.

Une semaine plus tard. Salle de répétition.
À travers le brouhaha et la cacophonie des musiciens, Rosie demande à Zac :

— Dis donc, Zac, qu'est-ce que tu veux dire par « sur la route asphaltée d'étoiles » ? Ça te dérangerait que je dise à la place : « Quitter n'a de cesse mon départ invitant ? » Je trouve ça plus fluant. Ça te dérangerait, tu penses ?

À LA DOUCE MÉMOIRE DE MICHEL O'TOOLE

Zac reste interdit, puis renonce à une querelle supplémentaire.

— OK, Rosie, OK... Alors en place pour la chanson *Michel O'Toole*. Dans dix, neuf...

On avait réparti la chanson en couplets égaux, en renommées égales et en ego égaux. Pas une ambition n'avait été omise, pas un arrivisme n'avait été négligé. Une belle chanson de champions pendant laquelle, pourtant, tout va de travers en cette générale chaotique. Rosie change les paroles sans même demander l'autorisation, madame Bourdages oublie son texte malgré le feuillet placé pile sous ses lunettes, Roy ne chante pas, se ménageant méticuleusement pour le spectacle (il mime son couplet), Manu chante, lui, mais met davantage d'énergie à adresser des récriminations au technicien du son, Aimée éprouve des ennuis avec son téléphone, sur lequel elle comptait lire sa strophe. Un franc succès, quoi.

Zac surveille l'ensemble en cafouillant ; il en a plein les bras. Sylvie déchante mais rien n'y paraît. Carole, bien neutre, sourit à qui la regarde, sauf à sa copine Sylvie, dans une sorte de marque de solidarité.

Gilles Vadeboncoeur arrive accompagné de son assistant, fait la bise à Sylvie, serre la main de Carole, visiblement sous le charme.

— Je suis tombée par terre quand j'ai su que tu étais le réalisateur de ce documentaire, tu l'aimais tellement..., ironise Sylvie.

— Comme tu sais, O'Toole me devait tellement d'argent que c'est la façon la plus simple de me faire rembourser, et encore, je recouvrerai pas tout. J'ai été naïf, j'ai toujours cru son baratin. Des histoires, il en racontait pas que dans ses articles. Il m'a bien eu. Et la chanson ?

— Floue et scolaire, avec une fin incompréhensible. C'est du Villeneuve... Mais il est tellement fan d'O'Toole, ça fait le travail, je crois. On parle pas d'un numéro un, mais c'est bien fait pour le « GREAT RED O'TOOLE ».

— Ouais, je leur en ferai un GRAND RAIDE, moi...

Paule, à la scénographie, entre en trombe, souriant à Sylvie qu'elle repère de loin. Elle a une grosse nouvelle : la moto d'O'Toole, retrouvée récemment, sera accrochée bien haut en fond de scène, de manière à incarner « ce beau symbole que représente O'Toole dans l'imaginaire du public, ce défenseur radical de la liberté d'expression, ce critique acerbe de la mondialisation, le porte-étendard de la simplicité volontaire, mais avant et devant tout, une icône de LIBERTÉ », clame haut et fort Paule.

Sylvie est excitée par cette trouvaille scénique. Aux dernières mesures de la chanson, on illuminera la BMW, seul objet éclairé dans la noirceur, rutilante et flamboyante sous les applaudissements de la foule. « Gé-ni-al », pense-t-elle.

Gilles, tout aussi ravi, compte évidemment inclure des images du spectacle à son docu (il devra plus tard refaire des prises en studio pour arriver à un résultat plus spectaculaire ; plus « naturel », en somme).

— D'accord tout le monde, on remballe tout et on se voit la semaine prochaine. Vous avez vos horaires, pas de retard s'il vous plaît et pour toute question, les coordonnées sont sur le deuxième feuillet. N'hésitez pas à éclaircir ce qui vous est obscur en nous téléphonant, à Carole ou à moi, conclut Sylvie, complètement lessivée.

Veille du spectacle.
Madame Bourdages n'a pas participé à un événement d'une telle envergure depuis l'hommage au soldat Lebrun à Saint-Tite, deux années plus tôt. Et puis c'est la première fois qu'elle monte sur scène avec des artistes pop, ça l'insécurise beaucoup. Sans doute aurait-elle refusé d'y participer si Michel O'Toole n'avait pas écrit ce reportage marquant et tellement flatteur sur les artistes country d'ici, dont elle, la légendaire Reine Bourdages. Une « figure de premier plan », avait noté le journaliste.

Reine l'avait reçu chez elle à Saint-Eustache, de façon si amicale et chaleureuse qu'O'Toole n'avait pu s'empêcher de le souligner dans l'article. Il y avait décrit le goût et la sobriété de la décoration, étonné de l'absence de chevaux de plâtre et de mauvaises porcelaines, montrant par là même ses propres préjugés à l'égard du monde des cow-boys.

Au fil de la rencontre, Reine et lui s'étaient bien entendus, sans doute à cause de leurs déracinements respectifs, dont ils s'étaient abondamment entretenus : elle de sa Gaspésie natale bien-aimée, lui de son

Irlande lointaine. Reine s'était racontée à O'Toole en toute confiance, et ce dernier ne l'avait certainement pas trahie, intitulant son reportage « Reine et autres majestés ».

Demain a lieu l'hommage et elle répète son texte, prépare son costume de scène en écoutant en boucle les enregistrements des répétitions. Il faut faire confiance à la vie, se dit-elle, se synchronisant peu à peu avec elle-même.

Roy fait couler l'eau chaude de la douche, histoire de donner à sa salle de bain des airs de « sauna professionnel », comme il le dit fièrement. Sur le comptoir de la cuisine sont posés miel, citron et vinaigre de cidre. Sur la table de chevet, somnifères, papiers-mouchoirs, cachets homéopathiques de toutes sortes. Des citations du dalaï-lama ornent les quatre murs de sa chambre.

Au salon, balles diverses pour divers stress, tapis de yoga et de Pilates, onguents à l'eucalyptus et à la menthe. Humidificateur et déshumidificateur se disputent la qualité de l'air de l'appartement. Roy ne parle pas. Roy ne parle plus depuis plus d'une semaine. Roy a chassé sa femme, ses enfants, son chien. Sont-ils à l'hôtel ou chez belle-maman, il n'en a que faire. Demain a lieu l'hommage et Roy colle sur le frigo un post-it sur lequel est inscrite de sa belle écriture manuscrite une note à son attention : *N'oublie pas ton antidiarrhéique, mon chéri.*

À LA DOUCE MÉMOIRE DE MICHEL O'TOOLE

Après avoir avalé son gros spaghetti, Manu Tension fume un joint devant la télé, tentant de répondre à un jeu-questionnaire :

« Oncle célèbre faisant partie de la populaire émission des années soixante et soixante-dix *Capitaine Bonhomme*... »

Il se répète la question encore et encore, mais la solution arrive avant qu'il ait pu y répondre :

« Oncle Pierre », jette l'animateur.

« Je suis trop jeune », se rassure Manu.

« Célèbre journaliste disparu sur la Côte-Nord et n'ayant laissé aucune trace... »

Manu tire une touche, réfléchit, se répète la question, retire une touche, retient son souffle, enlève un cheveu de la manche de son chandail, expire et rate la réponse.

« Michel O'Toole », dit l'animateur.

« Ah oui, le joueur de hockey », pense Manu.

Demain a lieu l'hommage et Manu devra se présenter à la bonne adresse, à la bonne salle. Manu devra savoir la bonne chanson et demain, Manu devra en fumer du bon.

Aimée Daoust branche son téléphone puis se rue sur sa tablette afin de reprendre sa conversation avec Josiane au sujet des souliers réduits à cinquante pour cent chez Dingy Shoes. À son ordi arrive alors la nouvelle de la vente annuelle chez Brook's.

Elle en fait part à Josiane, qui s'est absentée pour fureter du côté du site de Sunnyside afin d'y lire les rabais du week-end. Sa tablette flanche, pile à zéro. Elle se jette sur son téléphone chargé à douze pour cent et y retrouve Josiane, toujours en ligne – Aimée Daoust voyage sur la mappe technologique à bord de plusieurs véhicules. Les nomades d'aujourd'hui sillonnent le Web. Non pas que ce soit moins onéreux, mais on y couvre plus de terrain.

Demain a lieu l'hommage et, contre toute apparence, Aimée connaît la chanson par cœur, car tout ce temps devant l'écran, elle le passe les écouteurs sur les oreilles. Aimée est pratique, organisée. Elle choisit méticuleusement ses vêtements classés par couleur, par saison, par genre et par tissu, le tout bien rangé, minutieusement répertorié dans un placard virtuel de son invention. Aimée *the Who*? Oui: Aimée Daoust.

Rosie Béliard recoud sous le bras la chemisette noire qu'elle portera demain, la même qu'elle a revêtue à une remise de prix, en novembre dernier. Elle la portait aussi sur scène lors de sa tournée en périphérie de Montréal, et lors du spectacle corporatif de l'Association des jumelles et jumeaux du Québec, laquelle voyait en son tube *Tous pareils* un beau rapport ironique.

Il ne lui reste plus qu'à préparer le pantalon, en installant une pince à la taille et en lui passant un coup de fer. Rosie a perdu du poids. Et malgré un certain succès, elle n'a pas un rond. «Misérable couturière», pense-t-elle tandis que des sanglots emplissent son modeste bien que coquet logement de Ville Saint-Pierre.

À LA DOUCE MÉMOIRE DE MICHEL O'TOOLE

Demain a lieu l'hommage et Rosie, déterminée, visualise ce qui sera sa dernière présence sur scène. «C'est décidé, clair et net. Ras le bol, usée, finie.» Cousant et recousant, elle se sent tout à coup légère de quitter enfin cette vie qu'une adolescente a choisie un jour pour elle et qui aujourd'hui lui semble totalement dénuée de sens. Cette brosse à cheveux qui faisait office de micro hier s'est métamorphosée en vrai micro durant quelques années puis, au fil de ses présences sur scène, est redevenue une brosse à cheveux. «Tu es née brosse à cheveux et tu retourneras brosse à cheveux», aurait dit le Sauveur des coiffeurs.

Adieu Rosie Béliard, Mona Bédard de son vrai nom retourne à elle-même.

Zac pense à combien il est heureux du résultat de sa chanson. Tout compte fait, les paroles que change Rosie inopinément ne le tarabustent pas vraiment. Il faut éviter les démêlés avec ce genre de brosse à cheveux. Bien entendu, le texte reprendra sa forme originale au lendemain de cette agitation, sur disque ou ailleurs. Il en choisira même les interprètes.

Il s'imagine aussi combien tous auront plus d'aplomb le soir de la représentation. Avec quelques raffinements du côté de l'orchestre, l'hymne au grand homme sera impressionnant. Tout va mieux encore depuis cette info arrivée par courriel: une moto sera suspendue au-dessus de la scène le soir de la performance.

C'est un lourd objet, une BMW. Ça pèse, et bien plus encore si on la leste secrètement juste avant qu'elle ne soit suspendue... Qui se douterait de quoi que ce soit ? Qui aurait l'idée de regarder dans le réservoir pour y trouver des kilos de sable ? Qui en possède la clé, de toute façon ? Un réservoir de trente litres, ça fait combien en kilos ?

Demain a lieu l'hommage au grand disparu et une sorte de vibration enivrante s'empare de Zac. « Grand disparu de mes deux, oui », rumine-t-il, revanchard.

Soir de l'hommage, salle Adrien-Hébert.

— Attention, cinq minutes ! crie Carole, maintenant à la régie de scène.

Sylvie est installée côté jardin, concentrée sur les documents étalés sur sa table de travail. Gilles ratisse de long en large la magnifique salle Adrien-Hébert du Complexe Quai Sud, le long du canal de Lachine, vérifiant une dernière fois la luminosité, cherchant inlassablement le bon angle pour ses caméras pourtant judicieusement fixées.

— Dans dix, neuf, huit... trois, deux, un... Rideau !

Un spectacle flamboyant, un public fou, criant, sifflant, une salle pleine à craquer. Des textes d'O'Toole lus par ses amis dont Marcil, De Lanauze, Perron, tous déchaînés, des poèmes inédits en anglais et en français récités par Leclerc, Johnson (totalement réjouissante) et

Grimm (en état de grâce). Des clips de ses entrevues les plus baveuses avec des politiciens, des extraits de pièces de théâtre et d'œuvres de jeunesse écrites en Irlande.

Un spectacle vivant, pas triste du tout. Le bloc musique s'est terminé sur une ovation spontanée. Chacun à sa place (Reine assurément la plus applaudie), aux antipodes de la désastreuse générale, un beau gros vent de dos en somme. Sylvie jubile, Carole rit.

Un spectacle si bien construit que même s'il avait été à la gloire du plus grand trou de cul du monde (de fait...), on aurait tous voulu cet homme comme ami. Tout a été magistral, grandiose.

«... *un spectacle à la mesure de Michel O'Toole, n'eût été cette finale désastreuse, lirait-on dans le journal. La moto soi-disant solidement suspendue dans les airs s'est décrochée de ses amarres et s'est abattue lourdement sur Sylvie Vincent qui, après avoir remercié tout le monde, rassemblait en une grande accolade les artistes venus chanter pour l'occasion. Un fracas du tonnerre, une scène horrible pour les centaines de spectateurs, dont certains ont tenté de venir en aide aux blessés. Sylvie Vincent, Zac Villeneuve et Gilles Vadeboncoeur ont été les plus durement touchés. Les autres ont subi des blessures mineures et ont pour la plupart déjà reçu leur congé de l'hôpital.*»

Route 389, sous Orion, le même soir.
Il n'y a rien, ici. Rien qu'un ciel clair, des étoiles, des branches qui craquent çà et là, le vent qui siffle. Un

peu, pas trop. Un espace désert et pourtant si habité. Un lieu, une œuvre géniale qui dépasse en génie son créateur.

7

Je termine d'enfoncer mes effets personnels dans mon sac à dos. Sur le bureau se trouve un vieux volume de l'Encyclopédie Britannica acheté lors d'une vente de charité, dans un sous-sol d'église. Celui de la lettre Q.

Si le territoire fait l'homme, qu'en est-il de la langue? J'arriverai peut-être à oublier l'anglais, à oublier qui je suis, quelque part entre la perte du gaélique et le jour où je commencerai à agencer des phrases en français. Comme si c'était le rêve absolu: effacer mon douloureux parcours, quatre décennies d'une vie frustrante et d'une histoire qui ne peut pas bien tourner, qu'importe si nous convainquons les politiciens et parvenons à faire quelque chose de neuf de cette cause qui n'a jamais été juste, trop assujettie qu'elle est aux règles du pouvoir.

Ça suffit. Je plongerai mon regard dans les yeux d'une femme d'une contrée lointaine. Elle y verra sans doute que je ne fais pas partie des gagnants de l'Histoire, mais il y a peut-être autre chose en moi, qui n'a jamais eu l'occasion de sortir de l'ombre de notre lutte. Peut-être que si je vais très loin, la distance me permettra de regarder derrière et de mieux me voir moi-même, de mieux voir cet animal que je suis et d'en tirer un peu de sens.

Peut-être aussi vais-je rencontrer une femme dont les yeux me renverront l'image de quelqu'un que je ne suis pas encore, et que moi, voyant cet homme, je saurai qu'il existe bel et bien.

La sonnerie du téléphone. Ce pourrait être elle. Ce pourrait être quelqu'un d'autre. Est-ce qu'on prête encore attention, au seuil de la mort, à son cœur en miettes? Craint-on moins le néant, l'inconnu, que la perte de tous ceux qu'on a aimés, dans le seul monde que nous ayons connu? Je devine que la mort tient moins dans la sensation d'un cœur qui s'arrête que dans le drame de rompre avec les lieux qui le faisaient battre.

Je ne peux pas rester ici sans elle, et elle ne peut pas rester auprès d'un homme épris d'une cause perdue, pour qui la survie est une pensée secondaire.

Si seulement je pouvais effacer ce chapitre, comme on retire un volume d'une rangée de livres qui condensent l'histoire du monde. Extraire cette maudite Pax Britannica et la déchirer, la lancer au loin, puis me tenir devant l'ouverture ainsi créée. Voilà où je veux être: à la jonction de la lyre et des chansons de Cuchulain, ce guerrier bleu et nu plongeant dans la bataille, et prononcer mes premiers mots dans une langue neuve, debout sur un socle minéral et millénaire, inamovible, comme si tout ce qui était advenu avant, cette parenthèse qui a la forme torturée de ma vie, des vies de tous ceux que j'ai aimés, n'avait jamais été.

Territoires

Patrick Senécal

Le ciel ressemble à un cerveau.

C'est la réflexion que se fait Michel O'Toole en scrutant l'horizon ennuagé. Du moins, il croit que cette observation est de lui. Mais curieusement, il nourrit un doute. Étrange. Il n'aurait pas dû s'envoyer autant de bières, hier soir.

Il demeure trois minutes planté au milieu du stationnement du Motel du Rosier à fixer le ciel cérébral, son casque dans une main, son sac à dos dans l'autre. Une rousse très maigre et un colosse de plus de six pieds passent tout près de lui, mais il ne les remarque pas. En fait, il a dû les entrevoir ne serait-ce que dans sa vision périphérique, sinon il ne se ferait pas la réflexion qu'il ne les remarque pas.

Il regarde autour de lui, perplexe, comme s'il s'attendait à la présence de quelqu'un. Personne. Ni même la rousse et le colosse, qu'il n'a pas remarqués de toute façon.

Il est 13 h 30 et le chemin est encore long d'ici Fermont. Le plan : s'arrêter au Relais Gabriel ce soir, y dormir et atteindre Fermont demain. Il se dirige vers sa moto de sa démarche légèrement claudicante, tout en enfilant son casque.

La puissante BMW R 1200 file sur la 389. Michel connaît bien cette route qu'il a parcourue moult fois. Les restes de neige dans les bois ne l'étonnent pas, même au mois de mai. Côté température, la Côte-Nord est plusieurs semaines à la traîne par rapport au sud du Québec. Il aime bien cette ambiance aux effluves nordiques. Cela lui rappelle Belfast. Du moins, il le croit. Est-ce si semblable? Il effectuera des recherches pour s'en assurer.

Mais pourquoi s'informer sur son pays natal? L'a-t-il déjà oublié, lui qui n'est au Québec que depuis treize ans?

Loin devant, deux silhouettes surgissent de la forêt à sa droite et traversent la chaussée lentement. Michel roule trop vite, elles n'auront pas le temps de se rendre de l'autre côté avant qu'il arrive à leur hauteur. Il s'arrête à une dizaine de mètres d'eux, stupéfait.

Il s'agit d'un homme et d'un tigre. L'animal est orange et rayé de noir, le type, grand, chauve et couvert de cicatrices sur le visage. Immobiles en plein centre de la route, ils tournent la tête vers Michel, le fauve d'un air sombre, l'homme avec étonnement.

— Qu'est-ce que vous faites ici? le questionne l'inconnu.

C'est lui qui demande ça? Michel émet un ricanement incrédule.

— Je roule sur la route! Et vous, qu'est-ce que vous faites ici?

— Bien nous, nous la traversons. On a pas le choix, n'est-ce pas, puisque vous nous l'imposez.

— Comment ça?

Le félin pousse un grognement, le chauve lui marmonne «Oui, oui», puis ils poursuivent leur chemin pour disparaître dans la forêt. Cette rencontre est trop extraordinaire pour que Michel la laisse se terminer ainsi. Il songe à descendre de sa moto et à les rattraper pour exiger davantage d'explications, mais ne bouge finalement pas. Pourtant, il éprouve l'envie de les rejoindre, alors pourquoi ne pas le faire? Il repart, préoccupé.

Il croise un panneau routier sur lequel est inscrit EL. Qu'est-ce que ça veut dire, «EL»? Trente secondes plus tard, une autre affiche file sur sa droite, qui annonce LIP. Il n'a aucun souvenir d'avoir aperçu ces indications incompréhensibles lors de ses pérégrinations antérieures. En fait, il se rappelle peu ses voyages, maintenant qu'il y pense. Il regarde le ciel: les nuages entremêlés en minces lacis donnent vraiment l'impression d'un cerveau. Surtout que le crépuscule teinte le tout d'un rouge rosâtre...

Le crépuscule?

Mais oui, la nuit tombe. Dérouté, il jette un œil à sa montre: 19h40! Il jurerait avoir quitté Baie-Comeau il y a une vingtaine de minutes! Comment le temps a-t-il pu passer si vite? Il croise un troisième panneau qui porte une inscription tout aussi sibylline que les deux précédents: SE.

Au loin apparaît un bâtiment orné d'une affiche: Relais Gabriel. Michel renonce à comprendre et se gare dans le stationnement vide de l'auberge qu'il connaît bien. Enfin, qu'il croit bien connaître, car tandis qu'il enlève son casque pour examiner l'établissement, il éprouve la sensation de se trouver dans un endroit inconnu.

«C'est normal. Je suis déjà venu, mais pas lui.»

Qui ça, lui? Merde, qu'est-ce qu'il y avait donc dans la bière, hier soir, pour qu'il déraille à ce point?

Son sac sur l'épaule, il se dirige en boitant vers l'entrée de l'auberge, s'attend à trouver derrière le comptoir de la réception Nicole ou Raymond, les propriétaires de l'endroit, mais tombe sur un homme au début de la quarantaine, aux cheveux châtains frisés et aux traits juvéniles. Celui-ci délaisse son clavier d'ordinateur, sur lequel il était en train de taper fiévreusement, et accueille Michel avec un large sourire, ému comme s'il retrouvait un vieil ami.

— Ah, Michel! Que je suis content de te voir!

— Vous me connaissez?

— Plus que tu peux l'imaginer.

— Je suis désolé, je vous replace pas... Votre nom?

— Appelle-moi T. Mais c'est normal que tu me connaisses pas. Alors, tu t'en vas faire un reportage à Fermont?

— Euh... oui.

— Sur quel sujet?

Michel devrait lui demander comment il en sait autant sur lui, il ouvre même la bouche dans cette intention, mais il s'entend plutôt répondre:

— Eh bien, ça parlera du fait que nous n'existons qu'en fonction du territoire dans lequel nous évoluons. Et comme Fermont est un territoire très fermé, je trouvais cette ville parfaite pour mon thème.

— Toi aussi tu as l'expérience des territoires fermés, n'est-ce pas?

— Pourquoi vous dites ça?

— Voici ta clé.

Michel la prend. Aucun numéro sur le porte-clés, seulement deux lettres: SE. Il devrait questionner plus avant le réceptionniste, mais il se met en marche, déconcerté. Il passe devant la salle à manger de l'auberge et s'arrête pour y jeter un œil.

La pièce se révèle très grande, beaucoup plus qu'il ne l'aurait cru, et est plongée dans l'obscurité. Une seule table est occupée: six individus y sont assis et écrivent tous en silence sur un ordinateur portable. Trois femmes et trois hommes, uniquement éclairés par la réverbération glauque de leurs écrans qui creuse leurs visages concentrés d'ombres aquatiques. L'un d'eux, un type aux cheveux longs grisonnants, lui rappelle quelqu'un, une personnalité connue, mais il fait trop noir pour l'identifier clairement. Le reste de la salle est vide. Tout à coup, les six personnes lèvent la tête simultanément et dardent leurs regards perçants sur le journaliste. Ce dernier ressent un vague malaise, bredouille une excuse incongrue, puis s'éclipse.

Casque dans une main et clé dans l'autre, il parcourt un couloir décoré de manière imprécise. Est-ce un tapis sur le sol, ou du ciment ? Et les murs ? Sont-ils recouverts de papier peint ou d'une tenture ? « Peu importe, songe Michel. Il n'a jamais accordé beaucoup d'importance à ce genre de descriptions. » Il fronce les sourcils. Mais qui est ce *il*, au juste ?

La première porte de chambre est ornée, en guise de numéro, des lettres EL. Encore cette inscription ? Michel passe devant la seconde porte, qui affiche LIP. Sur la troisième, on peut lire, bien sûr, les lettres SE. Comme celles gravées sur le porte-clés. En secouant la tête d'incompréhension, il insère la clé dans la serrure, ouvre… et, de l'autre côté, se retrouve dans le vestibule de l'auberge. Derrière son comptoir, T. lui sourit, vaguement complice.

— Bien dormi ?

— Je… j'ai pas dormi.

— Aucune importance : tu es fatigué ?

— Euh… non.

— Tu vois ? Allez, bonne route.

Le journaliste murmure un « merci » confus puis, sac sur l'épaule, se dirige vers la sortie.

— Hé ! Oublie pas de boiter !

Il se tourne vers T. qui, l'air réprobateur, pointe de son doigt la jambe droite de Michel. C'est vrai, il ne claudique plus depuis son arrivée au Relais. Serait-il guéri ? D'ailleurs, d'où lui vient cette légère infirmité ? Il n'en a aucune idée. Peu importe : le problème a disparu, on dirait. Il se remet en marche, mais réalise qu'il boite à nouveau. Merde alors ! Est-ce revenu uniquement parce que ce T. le lui a rappelé ? C'est bête.

Michel et sa moto ont repris la 389 sous le ciel nuageux qui évoque toujours un cerveau. Deux minutes passent, puis cent mètres devant apparaissent des gens au milieu de la chaussée. Michel s'arrête et reconnaît avec stupeur le chauve et son tigre. Cette fois, ils sont accompagnés de la rousse maigre et du colosse, ceux qu'il n'a pas remarqués hier (ou tout à l'heure?) au Motel du Rosier.

— Vous êtes encore là, vous? commente le chauve avec agacement.

— Par votre faute, on est obligés de traverser cette ostie de route! ajoute la rousse.

— Comment ça, par ma faute?

— Elle existe que pour vous, cette route, répond le chauve. Elle parasite notre territoire. Enfin, c'est le vôtre aussi, mais à mon avis, vous devriez pas y être en même temps que nous.

Le colosse demeure coi, mais son expression tourmentée démontre qu'il approuve. Le tigre le fixe en retroussant ses babines.

— Je propose donc que vous rebroussiez chemin et que vous reveniez dans quelques mois, poursuit le chauve.

— Je peux pas, la date de tombée pour mon reportage est dans trois semaines.

Ce qui est totalement faux: il n'a aucune date de tombée. Pourtant, il est convaincu qu'une date limite a été imposée, mais ni à lui ni pour son article. Alors à qui, et pour quoi? La rousse le dévisage en soupirant et lui dit:

— Vous le déconcentrez et, à cause de ça, il nous met de côté.

De qui parle-t-elle? Mais au lieu de le lui demander, il les dépasse et reprend la route. Il est encore reparti sans leur poser aucune question, c'est ridicule! Il a la très désagréable impression depuis hier de ne pas être toujours maître ni de ses pensées ni de ses actions, et cela le rend furieux. Désormais, il a bien l'intention d'agir comme bon lui semble. Il est libre de ses actes, non? Fort de cette conviction, il augmente la vitesse de sa BMW jusqu'à cent soixante kilomètres à l'heure. Mais moins de trois minutes plus tard, il plisse les yeux, ralentit, puis s'immobilise complètement, ahuri.

Il est face à un carrefour qui se sépare en huit routes: la principale, qui continue tout droit et ne porte aucune indication, et sept autres, trois à gauche et quatre à droite, flanquées chacune d'un panneau: Chrystine, Daniel, Deni, Mathieu, Perrine, Stéphanie et Tristan. Michel, pied par terre, le moteur de sa moto ronronnant dans le silence de la forêt, observe ces chemins avec la même incrédulité que s'il était tombé sur un dinosaure. Jamais il n'a croisé ce carrefour, il en est absolument certain. Et qu'est-ce que c'est que ces noms de routes incongrus? Se serait-il perdu? Mais comment peut-on quitter la 389 sans s'en rendre compte?

Il devrait continuer sur la voie principale, celle du centre qui n'a pas de nom. C'est sans doute celle qui mène à... qui mène où, déjà? À Fermont, oui, c'est ça.

Du moins, il lui semble. Bref, il devrait aller tout droit. Mais il pousse un juron : pas question ! Il va prendre un autre chemin ! C'est son choix ! Il en a la volonté ! Au hasard, il opte donc pour la route Stéphanie et s'y engage. Tandis qu'il roule, il jette un coup d'œil au ciel : les lacis nuageux bougent légèrement, se déplacent, comme si l'immense cerveau céleste entrait en ébullition, ou changeait, comme s'il devenait la cervelle de quelqu'un d'autre...

Il bat des paupières plusieurs fois, les oreilles bourdonnantes, et tente d'ignorer la peur qui lui noue les entrailles.

Au centre de la chaussée apparaît soudain un petit carré de verdure qu'une femme entretient à l'aide d'un arrosoir. Sidéré, Michel s'arrête à une dizaine de mètres, coupe le moteur, enlève son casque, mais demeure sur sa moto. La femme, jolie, dans la quarantaine, le voit et, souriante, dépose l'arrosoir sur le sol avant de s'approcher de lui en essuyant ses mains sur son pantalon taché de terre.

— Salut, Michel. Je me doutais bien que tu surgirais d'une journée à l'autre.

— Comment vous savez mon nom ?

La femme fronce les sourcils, puis émet un ricanement.

— Tu as un drôle d'humour, aujourd'hui.

— Excusez-moi, mais... on se connaît ?

La femme cligne des yeux et jette des regards inquiets autour d'elle, comme une comédienne qui aurait oublié une réplique et qui chercherait le metteur en scène. Elle revient à Michel :

— Tu oublies toujours le visage de tes amantes, ou quoi ?!?

— Amantes ?.... Oh ! Je pense qu'il y a un malentendu ! J'ai jamais eu… euh… quelque relation que ce soit avec vous et je venais pas vous voir. Je m'en vais à Fermont pour écrire un reportage sur le lien entre le territoire et ceux qui y habitent.

La femme semble enfin saisir et hoche la tête.

— Ah, je vois… Tu n'es pas dans le bon territoire… En fait, je devrais dire que le Michel que tu es en ce moment n'est pas dans le bon territoire.

Le journaliste appuie son pouce et son index sur ses paupières en prenant une inspiration sifflante. Merde ! Une autre qui parle par énigmes !

— Je comprends absolument rien à ce que vous dites.

La femme penche la tête sur le côté.

— Comment as-tu abouti sur cette route, au fait ?

— Mais… je l'ai choisie, tout simplement !

— Ah, c'est ça. Tu veux te convaincre de ton libre arbitre. Tu vas être déçu, mon ami. On est tous passés par là.

— Désolé, mais je crois au libre arbitre de l'humain.

— Qui te parle d'humains ?

Serait-ce possible que les patients d'un hôpital psychiatrique du coin se soient évadés puis dispersés dans la forêt? Il doit bien s'avouer que c'est peu probable. Et ce constat attise l'angoisse qui lui enflamme de plus en plus l'estomac. En notant le trouble du journaliste, la femme retrousse les lèvres en un sourire indulgent.

— Je crois comprendre ton désarroi. Nous habitons un seul territoire, alors que toi, tu en habites plusieurs à la fois. Une telle confusion peut te faire perdre de vue qui tu es et te rendre légèrement schizophrène.

Bon, ça suffit, Michel en a assez entendu. Il enfile son casque, remet son moteur en marche et contourne la femme, qui le regarde s'éloigner sans la moindre réaction. Il roule pendant deux ou trois minutes, la peur aux tripes, puis voit un bâtiment se dessiner au loin. On dirait carrément... Voyons, ce n'est pas possible!

Il arrête sa moto dans le stationnement du Relais Gabriel. Il n'a pas pu revenir sur ses pas sans s'en rendre compte! Il enlève son casque qu'il laisse choir sur le sol et, d'un pas chancelant, marche vers l'entrée. Personne derrière le comptoir d'accueil, mais un quotidien y traîne. Il lit une manchette avec stupéfaction : «Disparition du journaliste pigiste Michel O'Toole». Il tourne les pages jusqu'à ce qu'il tombe sur l'article, qu'il survole d'un œil fiévreux. On y raconte qu'il a été porté disparu alors qu'il parcourait la route 389 aux fins d'un reportage. Qu'est-ce que c'est que cette histoire insensée? Il prend son cellulaire dans l'intention d'appeler sa rédac'chef au magazine, mais réalise que l'appareil ne trouve aucun réseau. Contrarié, il arpente le couloir à la recherche d'un téléphone mural puis atteint la salle à manger.

Dans la pénombre, les six individus travaillent toujours sur leurs ordinateurs portables, leurs visages de craie éclairés par leurs écrans. Cette fois, T. s'est joint à eux et pianote aussi sur son clavier. Une trentenaire à la chevelure auburn lève la tête, embêtée.

— Qu'est-ce que t'es venu foutre dans mes affaires, tout à l'heure ?

Michel, interloqué, comprend qu'elle s'adresse à lui.

— Par... pardon ?

— J'ai déjà ma propre version de toi dans mon territoire, j'ai pas besoin de la tienne ! Ni de celles des autres !

Un homme du groupe, au début de la quarantaine et à la tignasse blonde en bataille, se tourne vers elle.

— Hé ! J'ai rien à voir là-dedans, moi !

— Moi non plus ! intervient une seconde femme, aux cheveux courts et habillée avec élégance. De toute façon, on sait c'est la faute à qui, hein ?

— Oh oui, on le sait ! approuve une autre du même âge, à la longue crinière d'ébène. D'ailleurs, comment ça se fait qu'il ne soit pas avec nous ?

— Il s'amuse à crisser le bordel, évidemment ! répond un grand mince aux cheveux courts et noirs.

Ils pestent tous en même temps et Michel, confus, en profite pour disparaître. Alors qu'il s'éloigne, une voix crie derrière lui, celle du type qui lui rappelle une personnalité connue :

— Hé ! Oublie pas de boiter !

En effet, il ne claudique plus. Agacé, il rétorque sans se retourner :

— Je vais boiter si je veux, c'est clair ?

À ces mots, le groupe éclate d'un rire moqueur. Poursuivi par cette clameur qui lui paraît des plus terrifiantes, Michel se sauve, réalisant qu'il tire de la patte à nouveau.

Dehors, il remonte sur sa moto sans enfiler son casque qu'il laisse sur le gravier du stationnement, puis démarre comme s'il fuyait une évidence qu'il refuse d'admettre. Ses oreilles bourdonnent, encore pleines de l'écho du rire sarcastique des sept inconnus, tandis que la peur qui lui ronge les tripes prend des allures de panique. Bordel ! Qu'est-ce qui se passe ? Et pourquoi l'a-t-on signalé comme disparu ? Est-il en train de rêver ? Ce serait une explication, non ? Et ce foutu ciel aux allures de cerveau commence à l'agacer royalement. En moins d'une minute, les trois mêmes panneaux routiers sont de retour : EL, LIP et SE, mais cette fois séparés d'une trentaine de mètres chacun. Ainsi rapprochés, ils forment clairement un mot que Michel réussit à déchiffrer : ellipse.

À sa droite, dans la forêt, une scène atroce l'oblige à s'arrêter et à regarder avec horreur. Un homme nu, ensanglanté et hurlant, est attaché contre un arbre, entouré du chauve, de la rousse et du colosse qui, à l'aide de divers instruments, le torturent avec une expression singulièrement blasée.

— Qu'est-ce que vous faites, bande de malades ? crie le journaliste.

Le chauve retire son tisonnier de la plaie qui s'ouvre dans la cuisse gauche de la malheureuse victime et tourne un visage contrit vers Michel.

— Qu'est-ce que vous voulez qu'on fasse ? En attendant qu'il daigne se soucier à nouveau de nous, on s'occupe comme on peut. Et comme on est dans son territoire, nos passe-temps sont quelque peu… contaminés, je dirais.

— Ouais, ajoute la rousse en maniant une pince. C'est pas que ça nous plaît particulièrement, ce genre d'activités, mais vous savez comment ça marche dans sa tête, hein ? On a pas tellement le choix…

Et elle fait éclater entre les tenailles de sa pince le testicule droit du supplicié qui recommence à couiner. Michel, pris de nausée, réussit à demander :

— Mais qui, ça ? Merde ! De qui vous parlez, à la fin ?

Les trois compagnons s'observent avec étonnement.

— Eh ben, de lui, répond le chauve en faisant un geste vague de la main. Du chef, du boss, du seigneur du territoire…

— D'ailleurs ça achève-tu votre crisse d'histoire, qu'on puisse se remettre au travail, nous autres là ? demande avec lassitude le colosse au journaliste.

Ce dernier n'a pas le temps de réagir qu'un grognement attire son attention de l'autre côté de la route. Surgissant des bois, le tigre bondit vers lui, gueule ouverte. Affolé, Michel propulse sa moto vers l'avant et jette un œil dans le rétroviseur : le fauve est toujours à ses trousses mais, peu à peu, il perd de la distance, puis disparaît enfin. Michel soupire de soulagement.

À peine est-il revenu de sa terreur qu'il se retrouve à l'intersection de tout à l'heure, avec sa route principale et les sept autres chemins qui l'entourent, portant chacun un prénom différent. Il s'arrête et, le visage en sueur, se frotte nerveusement le menton, tentant de réfréner la panique qui le gagne de plus en plus. Il sait, il sent qu'il devrait poursuivre tout droit, sur la route sans nom, il sent que c'est ce qu'on souhaite, peu importe qui est ce *on*…

— Je fais ce que je veux ! hurle-t-il vers l'immense cerveau nuageux.

Est-il en train de devenir fou pour vociférer ainsi tout seul ? Au diable ces questionnements ! Il rince puérilement le moteur de sa BMW et s'engage sur le chemin Mathieu en projetant de longs jets de gravier sous sa roue arrière. Il roule à toute allure, un rictus inquiétant déformant ses lèvres. Si la jolie jardinière se pointe à nouveau, il l'écrase, tout simplement.

Mais c'est un extraterrestre qui apparaît au centre de la chaussée. Du moins, la physionomie de la créature porte Michel à croire qu'il s'agit d'un non-terrien : petite, peau nue et grisâtre, yeux noirs en amande.

Le prototype même du Martien. Le journaliste, qui stoppe sa moto, ne s'étonne plus de ce qui lui arrive. Au contraire, il relève le menton en signe de défi, sa grimace plus troublante que jamais. Très calme, l'extraterrestre s'exprime d'une voix vaguement électronique :

— On nous a prévenus de votre possible intervention. Nous vous demandons de rebrousser chemin, s'il vous plaît.

— Ah ouais ? Et pourquoi je ferais ça ?

— Parce que ce territoire possède déjà son Michel O'Toole. Alors retournez dans le vôtre, c'est suffisamment compliqué comme ça.

— Pas question, je fais ce que je veux !

La créature soupire. Au même moment, un vrombissement terrible déchire l'atmosphère : une immense soucoupe volante s'élève de la forêt vers le ciel rougeâtre et cérébral. Une sorte de canon surgit du vaisseau spatial, s'illumine pendant quelques instants d'une phosphorescence bleuâtre puis crache un rayon aveuglant qui transperce le sol à un mètre de Michel. Ce dernier sursaute, mais ne bouge pas, les mains bien serrées sur son guidon.

— Je répète, articule l'extraterrestre. Rebroussez chemin.

— Moi aussi, je répète : pas question !

Le canon brille à nouveau et Michel comprend qu'un second tir est imminent. Mais il refuse toujours de revenir sur ses pas. Il tourne donc son guidon vers la gauche et roule vers la forêt, au moment même où le faisceau lumineux détruit la chaussée à l'endroit où son bolide se trouvait deux secondes plus tôt.

La moto pénètre dans les bois et Michel, le cœur battant à tout rompre, réussit à zigzaguer entre les arbres. Le vrombissement au-dessus lui indique que la soucoupe volante le suit. Confirmant cette impression, un nouveau coup de laser réduit en flammes une épinette à la droite du fuyard. Michel change de cap et passe à côté d'un buisson derrière lequel il entrevoit la rousse et le colosse en train de baiser. Sous le mastodonte, elle semble s'ennuyer ferme et lance au journaliste :

— Alors, ça achève, oui ou non ?

Mais Michel les a déjà dépassés. Il remarque que le grondement a cessé au-dessus de lui et qu'aucune détonation ne retentit. Le vaisseau spatial a-t-il renoncé à le rattraper ? Il ne peut sans doute pas sortir de son territoire, songe Michel, même s'il n'a aucune idée de ce que cela peut bien signifier...

La BMW bondit enfin hors des bois pour atterrir sur une autre route au centre de laquelle se tiennent une dizaine d'hommes affublés d'habits militaires, leurs visages camouflés par des cagoules, et coiffés de bonnets noirs sur lesquels on peut lire IRA.

— *There he is!* crie l'un d'eux.

Dix mitraillettes se braquent vers le journaliste et commencent à tirer. Michel, qui ne peut aller ni à gauche ni à droite, baisse le torse et s'enligne vers la forêt de l'autre côté de la route. Une balle l'atteint à la cuisse droite ; il pousse un gémissement, mais ne ralentit pas. Sa moto disparaît derechef entre les épinettes qu'elle contourne dangereusement. Cette fois, il croise derrière un fourré le tigre et le chauve en pleine séance de fornication. Ce dernier a le temps de tourner la tête vers le fuyard et de soupirer, honteux :

— Oui, j'avoue que là, il exagère un peu…

Mais Michel est déjà loin. L'esprit chaotique, le visage violemment cinglé par des branches d'arbres, il devine enfin une nouvelle route devant lui. Il la rejoint et s'engage à droite, roulant à nouveau à pleins gaz. Il distingue une silhouette au loin, un homme qui marche vers lui au milieu de la chaussée en jouant de la guitare et en chantant. Michel croit reconnaître le chanteur Daniel Bélanger, mais n'en est pas certain. Tant pis : il le percute de plein fouet et le propulse dans les airs, mais ne se retourne même pas pour le voir retomber. Il fonce à toute allure, le torse penché, le menton collé au guidon, le regard étincelant.

Et le voilà de retour au Relais Gabriel. Cette fois, ce n'est pas de l'étonnement qu'il ressent, mais de la frustration ou, pire encore, de la rage.

Il stoppe sa moto et, le visage lacéré de quelques zébrures sanglantes, s'élance vers l'entrée, boitant terriblement à cause de sa blessure à la cuisse. Il passe devant le comptoir d'accueil désert, attrape le journal qui annonce sa disparition et claudique vers la salle à manger en laissant des traces d'hémoglobine sur le sol derrière lui. Il est bien décidé à les affronter, tous les sept.

Mais dans la grande pièce obscure, il ne reste plus qu'un seul individu, un type dans la quarantaine qui ne se trouvait pas parmi le groupe de tout à l'heure. Il tape aussi sur son ordinateur, calme, détendu. Méfiant, Michel s'avance et s'arrête près de lui. L'homme lève son visage creusé, ombrageux.

— Eh bien, on dirait qu'on est presque à la fin, articule-t-il d'une voix légèrement zézayante.

— Vous êtes qui, vous ?

— *Come on*, pas de faux suspense, j'ai une réputation à défendre. Tous les lecteurs ont déjà compris qui j'étais, ce serait ridicule que le personnage, lui, ne le sache toujours pas.

Michel, en essuyant le sang sur ses joues, a un ricanement arrogant, qui comporte tout de même une note de doute.

— Je suis pas un personnage ! La preuve…

Et il lance le journal sur la table. L'autre hausse les épaules.

— Pourquoi tu penses que t'as disparu, justement ?

Le journaliste fronce les sourcils. L'homme s'adosse et croise les mains derrière sa nuque.

— C'était ça, la consigne : on devait, tous les huit, trouver une explication à ta volatilisation. Voici la mienne : t'as disparu parce que t'as réalisé qui t'étais vraiment.

Michel se sent pris d'un vertige. L'auteur a une petite moue modeste.

— Oui, je sais, la métalittérature, c'est loin d'être nouveau. Pirandello, Calvino, Cortázar, Alain Farah, bon nombre d'écrivains s'y sont frottés, avec beaucoup plus de conviction que moi, j'en conviens…

Son regard devient à la fois grave et moqueur.

— Mais ça m'a permis d'en finir une fois pour toutes avec cette idée grotesque. Tu sais, tous ces auteurs qui prétendent qu'ils décident rien, qu'ils font juste suivre la volonté de leurs personnages… Crisse que cette mythification de l'écrivain m'énerve!

— Moi, je suis libre de mes actes! crache Michel en se frappant la poitrine.

— Ah oui? Nomme-moi donc une action que t'as vraiment décidé de poser, depuis que t'as quitté Baie-Comeau. Une seule!

Michel demeure muet. Il respire de plus en plus vite et essuie nerveusement le sang qui coule dans ses yeux. L'auteur a un sourire désolé.

— Ouais, tout ce sang dans ta face, c'était pas nécessaire… Mais que veux-tu, c'est plus fort que moi.

Il ramène son attention sur l'écran de son ordinateur.

— En fait, t'as tellement pas d'existence propre que tu possèdes huit autres identités qui te sont complètement étrangères. Tu connais juste celle de mon territoire.

— Je suis libre! insiste Michel en s'appuyant contre la table. Pour te le prouver, je m'en vais à Fermont pour faire mon reportage! J'y vais maintenant!

— Mais oui, vas-y, marmonne l'auteur tout en continuant à pianoter sur son clavier. Il faut bien que je termine ma nouvelle, pas vrai ? Va te révéler à toi-même, c'est ça le but de toute l'histoire... Et si tu croises encore les personnages du roman que j'étais en train d'écrire avant ton arrivée, dis-leur que je m'occuperai d'eux bientôt.

Michel remarque que ses mains tremblent sur la table, et pas seulement de colère. Il tourne les talons et claudique jusqu'à la sortie tandis que l'homme crie dans son dos :

— Tu vois ? Je t'ai même trouvé une bonne raison de boiter !

Michel l'ignore et, le cœur oppressé par une sourde angoisse, quitte la salle.

Dehors, le ciel est écarlate et les lacis du cerveau se contorsionnent tels des serpents hystériques. Michel grimpe sur sa moto, la respiration rapide, le visage humide de sang et de sueur. Il refuse d'y croire. Il refuse tout cela. Il va faire son reportage et, ainsi, tout le monde verra bien qu'il n'a pas disparu. C'est aussi simple que ça.

Alors pourquoi a-t-il si peur ?

Il démarre. Au bout de trente secondes, il croise la rousse, le chauve, le colosse et le tigre qui jouent aux cartes à une table installée sur le bas-côté. Le chauve lui décoche un sourire ironique, mais Michel l'ignore.

Le carrefour apparaît. Le journaliste continue tout droit sur la route sans nom. Il roule encore un moment, un moment impossible à définir, qui dure le temps de quelques lignes, de quelques phrases, et il augmente la vitesse au même rythme que la montée de sa terreur.

Là, devant, une autre moto fonce vers lui. Il ne ralentit pas et se redresse, haletant. Sa peur est maintenant teintée d'une fatalité qui, étrangement, le libère d'un immense poids. Le poids de la responsabilité, sans doute, ou de la vie même.

Le bolide devant lui s'approche de plus en plus. Il s'agit évidemment du même modèle que le sien. Et l'homme qui le monte lui est familier. Alors qu'il se trouve à moins de dix mètres de lui, Michel reconnaît ses propres traits, tristes et sereins à la fois.

Les deux motocyclistes se percutent de plein fouet et Michel O'Toole, dans un silence de livre refermé, s'annihile en lui-même.

8

Un jour je me réveillerai, moi nouveau, porteur d'une langue nouvelle. En me retournant sur mon passé fragmenté, je verrai les vies et les pays qui auraient pu être, je verrai le pays qui fut, et entre les deux il n'y aura plus que silence.

Deni Béchard, août 2015

Note de l'éditeur

La disparition de Michel O'Toole est une œuvre de fiction. Bien que les auteurs aient parfois volontairement brouillé la frontière entre invention et réalité, toute ressemblance avec des personnes ou des événements réels ne saurait être que le fruit du hasard.

Notices biographiques

DENI BÉCHARD a grandi entre le Canada et les États-Unis. Il a traversé une soixantaine de pays, dont l'Irak et l'Afghanistan, comme reporter indépendant. Il est l'auteur de *Vandal love ou Perdus en Amérique* (Québec Amérique, Prix du Commonwealth 2007), de *Remèdes pour la faim* (Alto, 2013) et de *Des bonobos et des hommes* (Écosociété, 2014).

Né à Montréal, DANIEL BÉLANGER est depuis le début des années quatre-vingt-dix l'une des figures de proue de la chanson québécoise. Ses albums lui ont valu de nombreux prix Félix et une reconnaissance partout dans la francophonie. Il a par ailleurs touché à la musique de film (*Le dernier souffle*, *L'audition*) et signé la musique de comédies musicales, notamment celle de *Belles-sœurs,* d'après l'œuvre de Michel Tremblay (livret de René Richard Cyr). Il a déjà commis quelques incursions en littérature, dont le récit poétique *Auto-stop* (Les Allusifs, 2011).

Depuis la parution de *Chère voisine* (1982), qui a été depuis porté à l'écran par Jacob Tierney, CHRYSTINE BROUILLET a publié plus d'une cinquantaine d'ouvrages, romans pour la jeunesse, romans historiques et fantastiques, mais elle a surtout écrit des polars, dont une série mettant en vedette Maud Graham, qui enquête à Québec, la ville natale de l'auteure. Tiré de cette série, le roman *Le collectionneur* a été adapté pour le cinéma par Jean Beaudin. Gourmande, Chrystine Brouillet a écrit un livre de cuisine, un ouvrage sur le champagne et a animé l'émission *Qui dit vin ?* à Télé-Québec. Ayant vécu plusieurs années à Paris, elle a commis un guide et un livre de promenades sur la Ville lumière, qu'elle aime tant. Son dernier roman, *Six minutes*, est paru en mai dernier chez Druide. Elle tient une chronique littéraire à l'émission *Salut bonjour week-end*, à TVA.

MATHIEU LALIBERTÉ est né à Montréal mais a grandi entre deux champs de maïs. Après avoir publié un petit livre de poésie noire, *Objectif zéro*, il est devenu directeur artistique pour une maison de disques bien connue. Il a écrit, de nuit, un premier court métrage, *Au nord du monde*, qui s'est retrouvé aux festivals de Cannes, de Milan et de Palm Springs, et, de jour, quelques chansons à succès avec Alex Nevsky. En attendant le financement de *L'innommable*, un second court métrage également inspiré d'une de ses nouvelles, il termine le scénario d'un long métrage et s'apprête à se réfugier dans les bois pour écrire, enfin, un premier roman.

PERRINE LEBLANC est née à Montréal. Elle a étudié les littératures québécoise et française à l'Université Laval et à l'Université de Montréal. Son premier roman, *L'homme blanc*, publié en 2010 aux Éditions Le Quartanier, a été repris dans la collection «Blanche» des Éditions Gallimard, l'année suivante, sous le titre *Kolia*. Elle a reçu le Grand Prix du livre de Montréal en 2010 et le Prix littéraire du Gouverneur général en 2011. Son deuxième roman, *Malabourg*, paru chez Gallimard au printemps 2014, a été sélectionné pour cinq prix littéraires en France et sera réédité en «Folio» cet automne.

Né à Sherbrooke, TRISTAN MALAVOY a publié des poèmes, des nouvelles et fait paraître deux disques mêlant chanson et *spoken word*. Il a aussi conçu et mis en scène des spectacles où la musique rencontre la littérature, notamment *J'attends tes lèvres pour chanter* (2013). Comme parolier, il a collaboré entre autres avec Ariane Moffatt, Catherine Durand et Gilles Bélanger. Il a par ailleurs été responsable pendant dix ans des pages livres à l'hebdomadaire *Voir*, a tenu une chronique littéraire à Télé-Québec de 2009 à 2014, signe la chronique «Arts et culture» du magazine *L'actualité* et dirige la collection «Quai n° 5» aux Éditions XYZ. Cet automne, il publiera chez Boréal un premier roman: *Le nid de pierres*.

Née à Sept-Îles, STÉPHANIE PELLETIER habite aujourd'hui un rang à cheval sur Padoue, Saint-Octave et Métis-sur-Mer, où elle cultive son amour pour les jardins et les choses sauvages. Elle est auteure, artiste de la création parlée et directrice artistique de *L'Exil* (spectacles littéraires). Elle se commet régulièrement sur scène dans des soirées slam, des cabarets d'auteurs, des lectures publiques et a présenté son premier *one woman show*, *Le cul dans la fraîcheur du temps qui s'écoule*, au Théâtre du Bic, en novembre 2014. Elle a aussi écrit pour des revues et des collectifs, dont *Mœbius*, *Zinc*, *Québec français* et *Douze histoires de plage et une noyade*, paru en mai 2015 aux Éditions Coups de tête. Son recueil de nouvelles *Quand les guêpes se taisent* a reçu en 2013 le Prix littéraire du Gouverneur général. Son deuxième livre, *Dagaz*, est paru chez Leméac en 2014.

PATRICK SENÉCAL est né à Montréal. En 1994, il a publié son premier roman, *5150, rue des Ormes*, et en a écrit une quinzaine d'autres depuis, dont *Aliss*, *Le vide* et *Hell.com*, qui chaque fois explorent le côté sombre de l'être humain. Il a rédigé les scénarios des adaptations cinématographiques de trois d'entre eux: *5150, rue des Ormes* et *Sur le seuil*, réalisés par Éric Tessier, et *Les sept jours du talion*, réalisé par Podz. Il a aussi touché à la réalisation avec la série Web *La reine rouge* et a écrit, entre 2011 et 2014, une série de romans fantastico-humoristiques: *Malphas*. Trois autres de ses romans sont en cours d'adaptation pour le grand écran. Il vit à Montréal avec sa conjointe et leurs deux enfants.

Table

Retour sur une disparition	7
Fiche de signalement	13
Intermède 1, de Deni Béchard	15
Amis d'enfance, de Chrystine Brouillet	17
Intermède 2	39
À hauteur des yeux, de Stéphanie Pelletier	43
Intermède 3	67
Le nord magnétique, de Tristan Malavoy	71
Intermède 4	85
Michel O'Toole n'existe pas, de Perrine Leblanc	87
Intermède 5	101
Entre ciel et cratère, de Mathieu Laliberté	103
Intermède 6	131
À la douce mémoire de Michel O'Toole, de Daniel Bélanger	135
Intermède 7	155
Territoires, de Patrick Senécal	157
Intermède 8	181
Note de l'éditeur	183
Notices biographiques	185

Suivez-nous :

*Achevé d'imprimer en octobre deux mille quinze
sur les presses de l'imprimerie Gauvin,
Gatineau, Québec*